《域外小说集》第一册

是集所录，率皆近世名家短篇。结构缜密，情思幽眇。各国竞先选译，斐然为文学之新宗，我国独阙如焉。因慎为译述，抽意以期于信，绎辞以求其达。先成第一册，凡波兰一篇，美一篇，俄五篇。新纪文潮，灌注中夏，此其滥觞矣！至若装订新异，纸张精致，亦近日小说所未睹也。每册小银圆三角，现银批售及十册者九折，五十册者八折。总寄售处：上海英租界后马路乾记弄广昌隆绸庄。

会稽周树人白

题注：

本篇最初发表于 1909 年 4 月 17 日上海《时报》第一版。初未收集。《域外小说集》，外国短篇小说集，鲁迅与周作人合译，共两册，分别于 1909 年 3 月和 7 月由日本东京神田印刷所印刷，署"会稽周氏兄弟纂译"，周树人发行。第一册收 7 篇作品，其中鲁迅翻译 2 篇，周作人翻译 5 篇。

《欧美名家短篇小说丛刊》评语

　　凡欧美四十七家著作，国别计十有四，其中意、西、瑞典、荷兰、塞尔维亚，在中国皆属创见，所选亦多佳作。又每一篇署著者名氏，并附小像略传，用心颇为恳挚，不仅志在娱悦俗人之耳目，足为近来译事之光。惟诸篇似因陆续登载杂志，故体例未能统一。命题造语，又系用本国成语，原本固未尝有此，未免不诚。书中所收，以英国小说为最多；唯短篇小说，在英文学中，原少佳制，古尔斯密及兰姆之文，系杂著性质，于小说为不类。欧陆著作，则大抵以不易入手，故尚未能为相当之绍介；又况以国分类，而诸国不以种族次第，亦为小失。然当此淫佚文字充塞坊肆时，得此一书，俾读者知所谓哀情惨情之外，尚有更纯洁之作，则固亦昏夜之微光，鸡群之鸣鹤矣。

题注：

　　本篇最初发表于 1917 年 11 月 30 日《教育公报》第四年第十五期"报告"门。初未收集。本评语原为通俗教育研究会审核小说报告，鲁迅时任该会小说股审核干事。"欧美名家短篇小说丛刊"由周瘦鹃选译，1917 年 3 月由上海中华书局出版。

渡河与引路

玄同兄：

两日前看见《新青年》五卷二号通信里面，兄有唐俟也不反对 Esperanto，以及可以一齐讨论的话；我于 Esperanto 固不反对，但也不愿讨论：因为我的赞成 Esperanto 的理由，十分简单，还不能开口讨论。

要问赞成的理由，便只是依我看来，人类将来总当有一种共同的言语；所以赞成 Esperanto。

至于将来通用的是否 Esperanto，却无从断定。大约或者便从 Esperanto 改良，更加圆满；或者别有一种更好的出现；都未可知。但现在既是只有这 Esperanto，便只能先学这 Esperanto。现在不过草创时代，正如未有汽船，便只好先坐独木小舟；倘使因为豫料将来当有汽船，便不造独木小舟，或不坐独木小舟，那便连汽船也不会发明，人类也不能渡水了。

然问将来何以必有一种人类共通的言语，却不能拿出确凿证据。说将来必不能有的，也是如此。所以全无讨论的必要；只能各依自己所信的做去就是了。

但我还有一个意见，以为学 Esperanto 是一件事，学 Esperanto 的精神，又是一件事。——白话文学也是如此。——倘若思想照旧，便仍然换牌不换货：才从"四目仓圣"面前爬起，又向"柴明华先师"脚下跪倒；无非反对人类进步的时候，从前是说 no，现在是说 ne；从前写作"咈哉"，现在写作"不行"罢了。所以我的意见，以为灌输正当的学术文艺，改良思想，是第一事；讨论 Esperanto，尚在其次；至于辨难驳诘，更可一笔勾消。

《新青年》里的通信，现在颇觉发达。读者也都喜看。但据我个人意见，以为还可酌减：只须将诚恳切实的讨论，按期登载；其他不负责任的随口批评，没有常识的问难，至多只要答他一回，此后便不必多说，省出纸墨，移作别用。例如见鬼，求仙，打脸之类，明明白白全是毫无常识的事情，《新青年》却还和他们反复辩论，对他们说"二五得一十"的道理，这功夫岂不可惜，这事业岂不可怜。

我看《新青年》的内容，大略不外两类：一是觉得空气闭塞污浊，吸这空气的人，将要完结了；便不免皱一皱眉，说一声"唉"。希望同感的人，因此也都注意，开辟一条活路。假如有人说这脸色声音，没有妓女的眉眼一般好看，唱小调一般好听，那是极确的真话；我们不必和他分辩，说是皱眉叹气，更为好看。和他分辩，我们就错了。一是觉得历来所走的路，万分危险，而且将到尽头；于是凭着良心，切实寻觅，看见别一条平坦有希望的路，便大叫一声说，"这边走好。"希望同感的人，因此转身，脱了危险，容易进步。假如有人偏向别处走，再劝一番，固无不可；但若仍旧不信，便不必拚命去拉，各走自己的路。因为拉得打架，不独于他无益，连自己和同感的人，也都耽搁了工夫。

耶稣说，见车要翻了，扶他一下。Nietzsche 说，见车要翻了，推他一下。我自然是赞成耶稣的话；但以为倘若不愿你扶，便不必硬扶，听他罢了。此后能够不翻，固然很好，倘若终于翻倒，然后再来切切实实的帮他抬。

老兄，硬扶比抬更为费力，更难见效。翻后再抬，比将翻便扶，于他们更为有益。

唐俟。十一月四日。

题注：

本篇最初发表于北京《新青年》第五卷第五号（1918 年 11 月 15 日）"通信"栏，署名唐俟。题目是《新青年》编者发表本篇和钱玄同的复信时所加。收入《集外集》。《新青年》自第二卷第三号（1916 年 11 月 1 日）起，曾陆续发表讨论世界语的通信，当时孙国璋、区声白、钱玄同等主张全力提倡，陶孟和等坚决反对，胡适主张停止讨论。在 1918 年 8 月出版的《新青年》第五卷第二号上，钱玄同以记者名义在"通信"栏里表示希望鲁迅也能参加世界语的讨论。本文即鲁迅以与钱玄同通信的形式，就《新青年》关于世界语的讨论和《新青年》的内容及编辑方向发表意见。

随感录四十六

民国八年正月间，我在朋友家里见到上海一种什么报的星期增刊讽刺画，正是开宗明义第一回；画着几方小图，大意是骂主张废汉文的人的；说是给外国医生换上外国狗的心了，所以读罗马字时，全是外国狗叫。但在小图的上面，又有两个双钩大字"泼克"，似乎便是这增刊的名目；可是全不像中国话。我因此很觉这美术家可怜：他——对于个人的人身攻击姑且不论——学了外国画，来骂外国话，然而所用的名目又仍然是外国话。讽刺画本可以针砭社会的锢疾；现在施针砭的人的眼光，在一方尺大的纸片上，尚且看不分明，怎能指出确当的方向，引导社会呢？

这几天又见到一张所谓《泼克》，是骂提倡新文艺的人了。大旨是说凡所崇拜的，都是外国的偶像。我因此愈觉这美术家可怜：他学了画，而且画了"泼克"，竟还未知道外国画也是文艺之一。他对于自己的本业，尚且罩在黑坛子里，摸不清楚，怎能有优美的创作，贡献于社会呢？

但"外国偶像"四个字，却亏他想了出来。

不论中外，诚然都有偶像。但外国是破坏偶像的人多；那影响所及，便成功了宗教改革，法国革命。旧像愈摧破，人类便愈进步；所以现在才有比利时的义战，与人道的光明。那达尔文易卜生托尔斯泰尼采诸人，便都是近来偶像破坏的大人物。

在这一流偶像破坏者，《泼克》却完全无用；因为他们都有确固不拔的自信，所以决不理会偶像保护者的嘲骂。易卜生说：

"我告诉你们，是这个——世界上最强壮有力的人，就是那孤立的人。"（见《国民之敌》）

但也不理会偶像保护者的恭维。尼采说：

"他们又拿着称赞，围住你嗡嗡的叫：他们的称赞是厚脸皮。他们要接近你的皮肤和你的血。"（《札拉图如是说》第二卷《市场之蝇》）

这样，才是创作者。——我辈即使才力不及，不能创作，也该当学习；即使所崇拜的仍然是新偶像，也总比中国陈旧的好。与其崇拜孔丘关羽，还不如崇拜达尔文易卜生；与其牺牲于瘟将军五道神，还不如牺牲于 Apollo。

题注：

本篇最初发表于 1919 年 2 月 15 日《新青年》第六卷第二号，署名唐俟。收入《热风》。1919 年 2 月 9 日《泼克》上发表讽刺新文艺的 4 幅漫画，文字说明中有某文学者"常出其所著之新文艺以炫人""然其思想之根据乃为外国偶像"等语。鲁迅此文发表后,《泼克》刊登了署名"记者"的《新教训》文章,谩骂鲁迅"轻佻""狂妄""头脑不清楚,可怜"等等。同年,鲁迅在《我们现在怎样做父亲》中说:"我曾经说,自己并非创作者,便在上海报纸的《新教训》里,挨了一顿骂……"

不懂的音译

凡有一件事，总是永远缠夹不清的，大约莫过于在我们中国了。

翻外国人的姓名用音译，原是一件极正当，极平常的事，倘不是毫无常识的人们，似乎决不至于还会说费话。然而在上海报（我记不清什么报了，总之不是《新申报》便是《时报》）上，却又有伏在暗地里掷石子的人来嘲笑了。他说，做新文学家的秘诀，其一是要用些"屠介纳夫""郭歌里"之类使人不懂的字样的。

凡有旧来音译的名目：靴，狮子，葡萄，萝卜，佛，伊犁等……都毫不为奇的使用，而独独对于几个新译字来作怪；若是明知的，便可笑；倘不，更可怜。

其实是，现在的许多翻译者，比起往古的翻译家来，已经含有加倍的顽固性的了。例如南北朝人译印度的人名：阿难陀，实叉难陀，鸠摩罗什婆……决不肯附会成中国的人名模样，所以我们到了现在，还可以依了他们的译例推出原音来。不料直到光绪末年，在留学生的书报上，说是外国出了一个"柯伯坚"，倘使粗粗一看，大约总不免要疑心他是柯府上的老爷柯仲软的令兄的罢，但幸而还有照相在，可知道并不如此，其实是俄国的 Kropotkin。那书上又有一个"陶斯道"，我已经记不清是 Dostoievski 呢，还是 Tolstoi 了。

这"屠介纳夫"和"郭歌里"，虽然古雅赶不上"柯伯坚"，但于外国人的氏姓上定要加一个《百家姓》里所有的字，却几乎成了现在译界的常习，比起六朝和尚来，已可谓很"安本分"的了。然而竟还有人从暗中来掷石子，装鬼脸，难道真所谓"人心不古"么？

我想，现在的翻译家倒大可以学学"古之和尚"，凡有人名地名，什么音便怎么译，不但用不着白费心思去嵌镶，而且还须去改正。即如"柯伯坚"，现在虽然改译"苦鲁巴金"了，但第一音既然是 K 不是 Ku，我们便该将"苦"改作"克"，因为 K 和 Ku 的分别，在中国字音上是办得到的。

而中国却是更没有注意到，所以去年 Kropotkin 死去的消息传来的时候，上海《时报》便用日俄战争时旅顺败将 Kuropatkin 的照相，把这位无治主义老英雄的面目来顶替了。

十一月四日。

二

自命为"国学家"的对于译音也加以嘲笑，确可以算得一种古今的奇闻；但这不特显示他的昏愚，实在也足以看出他的悲惨。

倘如他的尊意，则怎么办呢？我想，这只有三条计。上策是凡有外国的事物都不谈；中策是凡有外国人都称之为洋鬼子，例如屠介纳夫的《猎人日记》，郭歌里的《巡按使》，都题为"洋鬼子著";下策是，只好将外国人名改为王羲之唐伯虎黄三太之类，例如进化论是唐伯虎提倡的，相对论是王羲之发明的，而发见美洲的则为黄三太。

倘不能，则为自命为国学家所不懂的新的音译语，可是要侵入真的国学的地域里来了。

中国有一部《流沙坠简》，印了将有十年了。要谈国学，那才可以算一种研究国学的书。开首有一篇长序，是王国维先生做的，要谈国学，他才可以算一个研究国学的人物。而他的序文中有一段说，"案古简所出为地凡三（中略）其三则和阗东北之尼雅城及马咱托拉拔拉滑史德三地也"。

这些译音，并不比"屠介纳夫"之类更古雅，更易懂。然而何以非用不可呢？就因为有三处地方，是这样的称呼；即使上海的国学家怎样冷笑，他们也仍然还是这样的称呼。当假的国学家正在打牌喝酒，真的国学家正在稳坐高斋读古书的时候，沙士比亚的同乡斯坦因博士却已经在甘肃新疆这些地方的沙碛里，将汉晋简牍掘去了；不但掘去，而且做出书来了。所以真要研究国学，便不能不翻回来；因为真要研究，所以也就不能行我的三策：或绝口不提，或但云"得于华夏"，或改为"获之于春申浦畔"了。

而且不特这一事。此外如真要研究元朝的历史，便不能不懂"屠介纳夫"的国文，因为单用些"鸳鸯""蝴蝶"这些字样，实在是不够敷衍的。所以中国的国学不发达则已，万一发达起来，则敢请恕我直言，可是断不是洋场上的自命为国学家"所能厕足其间者也"的了。

但我于序文里所谓三处中的"马咱托拉拔拉滑史德"，起初却实在不知道怎样断句，读下去才明白二是"马咱托拉"，三是"拔拉滑史德"。

所以要清清楚楚的讲国学，也仍然须嵌外国字，须用新式的标点的。

十一月六日。

题注：

本篇分两部分，最初分别发表于 1922 年 11 月 4 日和 6 日北京《晨报副刊》，均署名风声。收入《热风》。上海洋场上一些自命为"国学家"的守旧文人，对于外国人名音译加以嘲笑。如 1922 年 9 月 26 日上海《新申报》刊登了署名"扰扰"的《做小说的秘诀》一文，诬蔑新文学家作新体小说的秘诀就是故意"多放几个译音进去，如柴霍夫、屠格涅夫、高尔该、苏德曼、德谟克拉西等等，使旧文学家看了莫名其妙才是"。此外，当时翻译界在翻译外国人名时，喜欢在人名上冠以中国的百家姓，"附会成中国的人名模样"。鲁迅写作此文，反对那些顽固的"国学家"，提倡音译，以利于吸收接纳外国事物。

关于《苦闷的象征》

王铸先生：

我很感谢你远道而至的信。

我看见厨川氏关于文学的著作的时候，已在地震之后，《苦闷的象征》是第一部，以前竟没有留心他。那书的末尾有他的学生山本修二氏的短跋，我翻译时，就取跋文的话做了几句序。跋的大意是说这书的前半部原在《改造》杂志上发表过，待到地震后掘出遗稿来，却还有后半，而并无总名，所以自己便依据登在《改造》杂志上的端绪，题为《苦闷的象征》，付印了。

照此看来，那书的经历已经大略可以明了。（1）作者本要做一部关于文学的书，——未题总名的，——先成了《创作论》和《鉴赏论》两篇，便登在《改造》杂志上；《学灯》上明权先生的译文，当即从《改造》杂志翻出。（2）此后他还在做下去，成了第三第四两篇，但没有发表，到他遭难之后，这才一起发表出来，所以前半是第二次公开，后半是初次。（3）四篇的稿子本是一部书，但作者自己并未定名，于是他的学生山本氏只好依了第一次公表时候的端绪，给他题为《苦闷的象征》。至于怎样的端绪，他却并未说明，或者篇目之下，本有这类文字，也说不定的，但我没有《改造》杂志，所以无从查考。

就全体的结构看起来，大约四篇已算完具，所缺的不过是修饰补缀罢了。我翻译的时候，听得丰子恺先生也有译本，现则闻已付印，为《文学研究会丛书》之一；上月看见《东方杂志》第二十号，有仲云先生译的厨川氏一篇文章，就是《苦闷的象征》的第三篇；现得先生来信，才又知道《学灯》上也早经登载过，这书之为我国人所爱重，居然可知。现在我所译的也已经付印，中国就有两种全译本了。

鲁迅。一月九日。

【备考】：

给鲁迅先生的一封信

鲁迅先生：

我今天写这封信给你，也许像你在《杨树达君的袭来》中所说的，"我们并不曾认识了哪"；但是我这样的意见，忍耐得好久了，终于忍不住的说出来，这在先生也可以原谅的罢。

先生在《晨报副镌》上所登的《苦闷的象征》，在这篇的文字的前面，有了你的自序；记不切了，也许是像这样的说吧！"它本是厨川君劫后的作品，由了烧失的故纸堆中，发出来的，是一包未定稿。本来没有甚么名字，他的友人，径直的给他定下了，——叫作《苦闷的象征》。"先生这样的意见，或者是别有所见而云然。但以我在大前年的时候，所见到的这篇东西的译稿，像与这里所说的情形，稍有出入；先生，让我在下面说出了吧。

在《学灯》上，有了一位叫明权的，曾译载过厨川君的一篇东西，叫作《苦闷的象征》。我曾经拿了他的译文与先生的对照，觉得与先生所译的一毫不差。不过他只登了《创作论》与《鉴赏论》，下面是甚么也没有了，大约原文是这样的罢。这篇译文，是登在一九二一年的，那时日本还没地震，厨川君也还健在；这篇东西，既然有了外国人把它翻译过，大概原文也已揭载过了罢。这篇东西的命名，自然也是厨川君所定的，不是外国人所能杜撰出来的。若然，先生在自序上所说的，他友人给他定下了这个名字，——《苦闷的象征》，——至少也有了部分的错误了罢。

这个理由，是很明白的；因为那时候日本还没有地震，厨川君也还没有死，这篇名字，已经出现过而且发表的了。依我的愚见，这篇东西，是厨川君的未定稿，大约是靠底住的；厨川君先前有了《创作论》和《鉴赏论》，又已发表过，给他定下了名字，叫作《苦闷的象征》。后来《文艺上的几个根本问题的考察》，《文艺的起源》，又先后的做成功了。或者也已发表过，这在熟于日本文坛事实的，自然知道，又把它摒集在一块去。也许厨川君若没有死，还有第五第六的几篇东西，也说不定呢！但是不幸厨川君是死了，而且是死于地震的了；他的友人，就把他这一包劫后的遗稿，已经命名过的，——《苦闷的象征》，——发表出来，这个名字，不是他的友人——编者——所臆定的，是厨川君自己定下的；这个假定，大约不至有了不对了罢。

以上几则，是我的未曾作准的见解，先生看见了它，可以给我个明白而且彻底的指导么？

先生，我就在这里止住了罢？

王铸。

题注：

本篇最初发表于 1925 年 1 月 13 日《京报副刊》。初未收集。《苦闷的象征》，日本厨川白村所作文艺论文集，鲁迅译本于 1924 年 12 月由北京新潮社出版，列为"未名丛刊"之一。

咬嚼之余

我的一篇《咬文嚼字》的"滥调",又引起小麻烦来了,再说几句罢。

我那篇的开首说:"以摆脱传统思想之束缚……"

第一回通信的某先生似乎没有看见这一句,所以多是枝叶之谈,况且他大骂一通之后,即已声明不管,所以现在也不在话下。

第二回的潜源先生的通信是看见那一句的了,但意见和我不同,以为都非不能"摆脱传统思想之束缚……"。各人的意见,当然会各式各样的。

他说女名之所以要用"轻靓艳丽"字眼者,(一)因为"总常想知道他或她的性别"。但我却以为这"常想"就是束缚。小说看下去就知道,戏曲是开首有说明的。(二)因为便当,譬如托尔斯泰有一个女儿叫作 Elizabeth Tolstoi,全译出来太麻烦,用"妥妠丝苔"就明白简单得多。但假如托尔斯泰还有两个女儿,叫做 Mary Tolstoi et Hilda Tolstoi,即又须别想八个"轻靓艳丽"字样,反而麻烦得多了。

他说 Go 可译郭,Wi 可译王,Ho 可译何,何必故意译做"各""旺""荷"呢?再者,《百家姓》为什么不能有伟力?但我却以为译"郭""王""何"才是"故意",其游魂是《百家姓》;我之所以诧异《百家姓》的伟力者,意思即见前文的第一句中。但来信又反问了,则又答之曰:意思即见前文第一句中。

再说一遍罢,我那篇的开首说:"以摆脱传统思想之束缚……。"所以将翻译当作一种工具,或者图便利,爱折中的先生们是本来不在所讽的范围之内的。两位的通信似乎于这一点都没有看清楚。

末了,我对于潜源先生的"末了"的话,还得辩正几句。(一)我自己觉得我和三苏中之任何一苏,都绝不相类,也不愿意比附任何古人,或者"故意"凌驾他们。倘以某古人相拟,我也明知是好意,但总是满身不舒服,和见人使 Gorky 姓高相同。(二)其实《呐喊》并不风行,其所以略略流行于新人物间者,因为其中的讽刺在表面上似乎大抵针对旧社会的缘故,但使老先生们一看,恐怕他们也要以为"吹敲""苛责",深恶而痛绝之的。(三)我并不觉得我有"名",即使有之,也毫不想因此而作文更加郑重,来维持已有的名,以及别人的信仰。纵使别人以为无聊的东西,只要自己以为有聊,且不被暗中禁止阻碍,便总要发表曝露出来,使厌恶滥调的读者看看,可以从速改正误解,不相信我。因为我觉得我若专讲宇宙人生的大话,专刺旧社会给新青年看,希图在若干人们中保存那由误解而来的"信仰",倒是"欺读者",而于我是苦痛的。

　　一位先生当面,一位通信,问我《现代评论》里面的一篇《鲁迅先生》,为什么没有了。我一查,果然,只剩了前面的《苦恼》和后面的《破落户》,而本在其间的《鲁迅先生》确乎没有了。怕还有同样的误解者,我在此顺便声明一句:我一点不知道为什么。

假如我说要做一本《妥妳丝苔传》，而暂不出版，人便去质问托尔斯泰的太太或女儿，我以为这办法实在不很对，因为她们是不会知道我所玩的是什么把戏的。

一月二十日。

【备考】：

"无聊的通信"

伏园先生：

　　自从先生出了征求"青年爱读书十部"的广告之后，《京报副刊》上就登了关于这类的许多无聊的通信；如"年青妇女是否可算'青年'"之类。这样无聊的文字，这样简单的脑筋，有登载的价值么？除此，还有前天的副刊上载有鲁迅先生的《咬文嚼字》一文，亦是最无聊的一种，亦无登载的必要！《京报副刊》的篇幅是有限的，请先生宝贵它吧，多登些有价值的文字吧！兹寄上一张征求的表请收下。

十三，仲潜。

　　凡记者收到外间的来信，看完以后认为还有再给别人看看的必要，于是在本刊上发表了。例如廖仲潜先生这封信，我也认为有公开的价值，虽然或者有人（也许连廖先生自己）要把它认为"无聊的通信"。我发表"青年二字是否连妇女也包括在内？"的李君通信，是恐怕读者当中还有像李君一般怀疑的，看了我的答案可以连带的明白了。关于这层我没有什么其他的答辩。至于鲁迅先生的《咬文嚼字》，在记者个人的意见，是认为极重要极有意义的文字的，所以特用了二号字的标题，四号字的署名，希望读者特别注意。因为鲁迅先生所攻击的两点，在记者也以为是晚近翻译界堕落的征兆，不可不力求改革的。中国从翻译印度文字以来，似乎数千年中还没有人想过这样的怪思想，以为女人的名字应该用美丽的字眼，男人的名字的第一音应该用《百家姓》中的字，的确是近十年来的人发明的（这种办法在严几道时代还未通行），而近十年来的翻译文字的错误百出也可以算得震铄前古的了。至于这两点为什么要攻击，只要一看鲁迅先生的讽刺文字就会明白。他以中国"周家的小姐不另姓绸"去映衬有许多人用"玛丽亚"，"婀娜"，"娜拉"这些美丽字眼译外国女人名字之不当，以"吾家rky"一语去讥讽有许多人将无论那一国的人名硬用《百家姓》中的字作第一音之可笑，只这两句话给我们的趣味已经够深长够浓厚了，而廖先生还说它是"最无聊"的文字么？最后我很感谢廖先生热心的给我指导，还很希望其他读者如对于副刊有什么意见时不吝赐教。

伏园敬复。

一九二五年一月十五日《京报副刊》。

关于《咬文嚼字》

伏园先生：

我那封短信，原系私人的通信，应无发表的必要；不过先生认为有公开的价值，就把它发表了。但因此那封信又变为无聊的通信了，岂但无聊而已哉，且恐要惹起许多无聊的是非来，这个挑拨是非之责，应该归记者去担负吧！所以如果没有彼方的答辩则已；如有，我可不理了。至于《咬文嚼字》一文，先生认为原意中攻击的两点是极重要且极有意义的，我不无怀疑之点：A，先生照咬文嚼字的翻译看起来，以为是晚近翻译界堕落的征兆。为什么是堕落？我不明白。你以为女人的名字应该用美丽的字眼，男人的名字的第一音应该《百家姓》中的字，是近来新发明的，因名之曰怪思想么？但我要问先生认它为"堕落"的，究竟是不是"怪思想"？我以为用美丽的字眼翻译女性的名字是翻译者完全的自由与高兴，无关紧要的；虽是新发明，却不是堕落的征兆，更不是怪思想！B，外国人的名是在前，姓是在后。"高尔基"三个音连成的字，是Gorky的姓，并不是他就是姓"高"；不过便于中国人的习惯及记忆起见，把第一音译成一个相似的中国姓，或略称某氏以免重复的累赘底困难。如果照中国人的姓名而认他姓高，则尔基就变成他的名字了？岂不是笑话吗！又如，Wilde可译为王尔德，可译魏尔德，又可译为樊尔德，然则他一人姓了王又姓魏又姓樊，此理可说的通吗？可见所谓"吾家rky"者，我想，是鲁迅先生新发明的吧！不然，就是说"吾家rky"的人，根本不知"高尔基"三音连合的字是他原来的姓！因同了一个"高"字，就贸贸然称起吾家还加上rky来，这的确是新杜撰的滑稽话！却于事实上并无滑稽的毫末，只惹得人说他无意思而已，说他是门外汉而已，说他是无聊而已！先生所谓够深长够浓厚极重要极有意义的所在，究竟何所而在？虽然，记者有记者个人的意见，有记者要它发表不发表的权力，所以二号字的标题与四号字的署名，就刊出来了。最后我很感谢先生上次的盛意并希望先生个人认为很有意思的文字多登载几篇。还有一句话：将来如有他方面的各种的笔墨官司打来，恕我不再来答辩了，不再来凑无聊的热闹了。

　　此颂

撰安。

十六，弟仲潜敬复。

　　"高尔基三个音连成的字，是Gorky的姓，并不是他就姓高"，廖先生这句话比鲁迅先生的文字更有精采。可惜这句话不能天天派一个人对读者念着，也不能叫翻译的人在篇篇文章的原著者下注着"高尔基不姓高，王尔德不姓王，白利欧不姓白……"廖先生这篇通信登过之后不几天，廖先生这句名言必又被人忘诸脑后了。所以，鲁迅先生的讽刺还是重要，如果翻译界的人被鲁迅先生的"吾家尔基"一语刺得难过起来，竟毅然避去《百家姓》中之字而以声音较近之字代替了（如哥尔基，淮尔德，勃利欧……），那末阅者一望而知"三个音连成的字是姓，第一音不是他的姓"，不必有烦廖先生的耳提面命了。不过这样改善以后，其实还是不妥当，所以用方块儿字译外国人名的办法，其寿命恐怕至多也不过还有五年，进一步是以注音字母译（钱玄同先生等已经实行了，昨天记者遇见钱先生，他就说即使第一音为《百家姓》中的字之办法改良以后，也还是不妥），再进一步是不译，在欧美许多书籍的原名已经不译了，主张不译人名即使在今日的中国恐怕也不算过激罢。

伏园附注

一九二五年一月十八日《京报副刊》。

《咬文嚼字》是"滥调"

伏园先生：

鲁迅先生《咬文嚼字》一篇，在我看来，实在毫无意义。仲潜先生称它为"最无聊"之作，极为得体。不料先生在仲潜先生信后的附注，对于这"最无聊"三字大为骇异，并且说鲁迅先生所举的两种，为翻译界堕落的现象，这真使我大为骇异了。

我们对于一个作家或小说戏剧上的人名，总常想知道他或她的性别（想知道性别，并非主张男女不平等）。在中国的文字上，我们在姓底下有"小姐""太太"或"夫人"，若把姓名全写出来，则中国女子的名字，大多有"芳""兰""秀"等等"轻靓艳丽"的字眼。周家的姑娘可以称之为周小姐，陈家的太太可以称之为陈太太，或者称为周菊芳陈兰秀亦可。从这些字样中，我们知道这个人物是女性。在外国文字中可就不同了。外国人的姓名有好些 Syllables 是极多的，用中文把姓名全译出来非十数字不可，这是何等惹人讨厌的事。年来国内人对于翻译作品之所以比较创造作品冷淡，就是因为翻译人名过长的缘故（翻译作品之辞句不顺口，自然亦是原因中之一）。假如托尔斯泰有一个女叫做 Elizabeth Tolstoi，我们全译出来，成为"托尔斯泰伊丽沙白"八字，何等麻烦。又如有一个女子叫做 Mary Hilda Stuwart，我们全译出来，便成为"玛丽海尔黛司徒渥得"也很讨厌。但是我们又不能把这些名字称为托尔斯泰小姐或司徒渥得夫人，因为这种六个字的称呼，比起我们看惯了周小姐陈太太三字的称呼多了一半，也不方便。没法，只得把名字删去，"小姐"，"太太"也省略，而用"妥妳丝苔"译 Elizabeth Tolstoi，用"丝图娃德"

译 Mary Hilda Stuwart，这诚是不得已之举。至于说为适合中国人的胃口，故意把原名删去，有失原意的，那末，我看根本外国人的名字，便不必译，直照原文写出来好。因为中国人能看看不惯的译文，多少总懂得点洋文的。鲁迅先生此举诚未免过于吹毛求疵？

至于用中国姓译外国姓，我看也未尝不可以。假如 Gogol 的 Go 可以译做郭，Wilde 的 Wi 可以译做王，Holz 的 Ho 可以译做何，我们又何必把它们故意译做"各""旺""荷"呢？再者，《百家姓》为什么不能有伟力？

诚然，国内的翻译界太糟了，太不令人满意了！翻译界堕落的现象正多，却不是这两种。伏园先生把它用二号字标题，四号字标名，也算多事，气力要卖到大地方去，却不可做这种吹敲的勾当。

末了，我还要说几句：鲁迅先生是我所佩服的。讥刺的言辞，尖锐的笔锋，精细的观察，诚可引人无限的仰慕。《呐喊》出后，虽不曾名噪天下，也名噪国中了。他的令弟启明先生，亦为我崇拜之一人。读书之多，令人惊叹。《自己的园地》为国内文艺界一朵奇花。我尝有现代三周（还有一个周建人先生），驾乎从前三苏之慨。不过名人名声越高，作品也越要郑重。若故意纵事吹敲或失之苛责，不免带有失却人信仰的危险。而记者先生把名人的"滥调"来充篇幅，又不免带有欺读者之嫌。冒犯，恕罪！

顺祝健康。

潜源。

一月十七日于唐山大学。

鲁迅先生的那篇《咬文嚼字》，已有两位"潜"字辈的先生看了不以为然，我猜想青年中这种意见或者还多，那么这篇文章不是"滥调"可知了。你也会说，我也会说，我说了你也同意，你说了他也说这不消说：那是滥调。鲁迅先生那两项主张，在簇新头脑的青年界中尚且如此通不过去，名为滥调，是冤枉了，名为最无聊，那更冤枉了。记者对于这项问题，是加入讨论的一人，自知态度一定不能公平，所以对于"潜"字辈的先生们的主张，虽然万分不以为然，也只得暂且从缓答辩。好在超于我们的争论点以上，还有两项更高一层的钱玄同先生的主张，站在他的地位看我们这种争论也许是无谓已极，无论谁家胜了也只赢得"不妥"二字的考语罢了。

伏园附注。

一九二五年一月二十日《京报副刊》。

题注：

本篇最初发表于 1925 年 1 月 22 日《京报副刊》。收入《集外集》。鲁迅曾在《咬文嚼字》一文中提倡翻译中使用音译，尽量直接吸收外国的东西，摆脱传统思想束缚。第一节发表后，当时有署名仲潜和潜原的两位读者给《京报副刊》编辑孙伏园写信，表示不以为然。除孙伏园的回信外，鲁迅为此又写了《咬嚼之余》和《咬嚼未始"乏味"》二文予以反驳。

咬嚼未始"乏味"

对于四日副刊上潜源先生的话再答几句：

一，原文云：想知道性别并非主张男女不平等。答曰：是的。但特别加上小巧的人工，于无须区别的也多加区别者，又作别论。从前独将女人缠足穿耳，也可以说不过是区别；现在禁止女人剪发，也不过是区别，偏要逼她头上多加些"丝苔"而已。

二，原文云：却于她字没有讽过。答曰：那是译 She 的，并非无风作浪。即不然，我也并无遍讽一切的责任，也不觉得有要讽草头丝旁，必须从讽她字开头的道理。

三，原文云："常想"真是"传统思想的束缚"么？答曰：是的，因为"性意识"强。这是严分男女的国度里必有的现象，一时颇不容易脱体的，所以正是传统思想的束缚。

四，原文云：我可以反问：假如托尔斯泰有两兄弟，我们不要另想几个"非轻靓艳丽"的字眼么？答曰：断然不必。我是主张连男女的姓也不要妄加分别的，这回的辩难一半就为此。怎么忽然又忘了？

五，原文云：赞成用郭译 Go ……习见故也。答曰："习见"和"是"毫无关系。中国最习见的姓是"张王李赵"。《百家姓》的第一句是"赵钱孙李"，"潜"字却似乎颇不习见，但谁能说"钱"是而"潜"非呢？

六，原文云：我比起三苏，是因为"三"字凑巧，不愿意，"不舒服"，马上可以去掉。答曰：很感谢。我其实还有一个兄弟，早死了。否则也要防因为"四"字"凑巧"，比起"四凶"，更加使人着急。

【备考】：

咬嚼之乏味

潜源

当我看《咬文嚼字》那篇短文时，我只觉得这篇短文无意义，其时并不想说什么。后来伏园先生在仲潜先生信后的附注中，把这篇文字大为声张，说鲁迅先生所举的两点是翻译界堕落的现象，所以用二号字标题，四号字标名；并反对在我以为"极为得体"的仲潜先生的"最无聊"三字的短评。因此，我才写信给伏园先生。

在给伏园先生的信中，我说过："气力要卖到大地方去，却不可从事吹敲，""记者先生用二号字标题，四号字标名，也是多事，"几句话。我的意思是：鲁迅先生所举的两点是翻译界极小极小的事，用不着去声张做势；翻译界可论的大事正多着呢，何不到那去卖气力？（鲁迅先生或者不承认自己声张，然伏园先生却为之声张了。）就是这两点极小极小的事，我也不能迷信"名人说话不会错的"而表示赞同，所以后面对于这两点加以些微非议。

在未入正文之先，我要说几句关于"滥调"的话。

实在，我的"滥调"的解释与普通一般的解释有点不同。在"滥调"二字旁，我加了"　"，表示它的意义是全属于字面的（literal）。即是指"无意义的论调"或直指"无聊的论调"亦可。伏园先生与江震亚先生对于"滥调"二字似乎都有误解，故顺便提及。

现在且把我对于鲁迅先生《咬嚼之余》一篇的意见说说。

先说第一点吧：鲁迅先生在《咬嚼之余》说，"我那篇开首说：'以摆脱传统思想之束缚……'……两位的通信似乎于这一点都没有看清楚。"于是我又把《咬文嚼字》再看一遍。的确，我看清楚了。那篇开首明明写着"以摆脱传统思想的束缚而来主张男女平等的男人，却……"，那面的意思即是：主张男女平等的男人，即已摆脱传统思想的束缚了，我在前次通信曾说过，"加些草头，女旁，丝旁""来译外国女人的姓氏"，是因为我们想知道他或她的性别，然而知道性别并非主张男女不平等（鲁迅先生对于此点没有非议）。那末，结论是，用"轻靓艳丽"的字眼译外国女人名，既非主张男女不平等，则其不受传统思想的束缚可知。糟就糟在我不该在"想"字上面加个"常"字，于是鲁迅先生说，"'常想'就是束缚"。"常想"真是"束缚"吗？是"传统思想的束缚"吗？口吻太"幽默"了，我不懂。"小说看下去就知道，戏曲是开首有说明的。"作家的姓名呢？还有，假如照鲁迅先生的说法，数年前提倡新文化运动的人们特为"创"出一个"她"字来代表女人，比"想"出"轻靓艳丽"的字眼来译女人姓氏，不更为受传统思想的束缚而更麻烦吗？然而鲁迅先生对于用"她"字却没有讽过。至于说托尔斯泰有两个女儿，又须别想八个"轻靓艳丽"的字眼，麻烦得多，我认此点并不在我们所谈之列。我们所谈的是"两性间"的分别,而非"同性间"。而且,同样我可以反问:假如托尔斯泰有两兄弟,我们不要另想几个"非轻靓艳丽"的字眼吗?

关于第二点,我仍觉得把 Gogol 的 Go 译做郭,把 Wilde 的 Wi 译做王,……既不曾没有"介绍世界文学",自然已"摆脱传统思想的束缚"。鲁迅说"故意"译做"郭""王"是受传统思想的束缚,游魂是《百家姓》,也未见得。我少时简直没有读过《百家姓》,我却赞成用"郭"译 Gogol 的 Go,用"王"译 Wilde 的 Wi,为什么?"习见"故也。

他又说:"将翻译当作一种工具,或者图便利,爱折中的先生们是本来不在所讽的范围之内的。"对于这里我自然没有话可说。但是反面"以摆脱传统思想束缚的,而借翻译以主张男女平等,介绍世界文学"的先生们,用"轻靓艳丽"的字眼译外国女人名,用郭译 Go,用王译 Wi,我也承认是对的,而"讽"为"吹敲",为"无聊",理由上述。

正话说完了。鲁迅先生"末了"的话太客气了。(一)我比起三苏,是因为"三"字凑巧,不愿意,"不舒服",马上可以去掉。(二)《呐喊》风行得很;讽刺旧社会是对的,"故意"讽刺已摆脱传统思想的束缚的人们是不对。(三)鲁迅先生名是有的:《现代评论》有《鲁迅先生》,以前的《晨报附刊》对于"鲁迅"这个名字,还经过许多滑稽的考据呢!

最后我要说几句好玩的话。伏园先生在我信后的附注中,指我为簇新青年,这自然挖苦的成分多,真诚的成分少。假如我真是"簇新",我要说用"她"字来代表女性,是中国新文学界最堕落的现象,而加以"讽刺"呢。因为非是不足以表现"主张男女平等"，非是不足以表现"摆脱传统思想的束缚"！

二，一，一九二五，唐大。

一九二五年二月四日《京报副刊》。

题注：

    本篇最初发表于 1925 年 2 月 10 日《京报副刊》。收入《集外集》。参见《咬嚼之余》题注。

《苦闷的象征》广告

这其实是一部文艺论，共分四章。现经我以照例的拙涩的文章译出，并无删节，也不至于很有误译的地方。印成一本，插图五幅，实价五角，在初出版两星期中，特价三角五分。但在此期内，暂不批发。北大新潮社代售。

鲁迅告白。

题注：

本篇最初发表于 1925 年 3 月 10 日《京报副刊》。初未收集。《苦闷的象征》，日本厨川白村所作文艺论文集，鲁迅译本于 1924 年 12 月出版，由北京新潮社代售，列为"未名丛刊"之一。

《未名丛刊》是什么，要怎样？（一）

所谓《未名丛刊》者，并非无名丛书的意思，乃是还未想定名目，然而这就作为名字，不再去苦想他了。

这也并非学者们精选的宝书，凡国民都非看不可。只要有稿子，有印费，便即付印，想使萧索的读者，作者，译者，大家稍微感到一点热闹。内容自然是很庞杂的，因为希图在这庞杂中略见一致，所以又一括为相近的形式，而名之曰《未名丛刊》。

大志向是丝毫也没有。所愿的：无非（1）在自己，是希望那印成的从速卖完，可以收回钱来再印第二种；（2）对于读者，是希望看了之后，不至于以为太受欺骗了。

现在，除已经印成的一种之外，就自己和别人的稿子中，还想陆续印行的是：

1.《苏俄的文艺论战》。俄国褚沙克等论文三篇。任国桢译。

2.《往星中》。俄国安特来夫作戏剧四幕。李霁野译。

3.《小约翰》。荷兰望蔼覃作神秘的写实的童话诗。鲁迅译。

题注:

　　本篇最初刊于 1925 年 3 月未名社出版的《苦闷的象征》封底。初未收集。

《敏捷的译者》附记

鲁迅附记：微吉罗就是 Virgilius，诃累错是 Horatius。

"吾家"彦弟从 Esperanto 译出，所以煞尾的音和原文两样，特为声明，以备查字典者的参考。

题注：

本篇最初发表于 1925 年 6 月 12 日《莽原》周刊第八期，排在鲁彦翻译的《敏捷的译者》一文之后。初未收集。鲁彦即王鲁彦，小说家。曾在所译的《考试之前》文后附有写给鲁迅的一段话，以"大哥鲁迅"开头，以"老弟鲁彦"落款。所以鲁迅文中有"'吾家'彦弟"之称。

《未名丛刊》是什么，要怎样？（二）

所谓《未名丛刊》者，并非无名丛书之意，乃是还未想定名目，然而这就作为名字，不再去苦想它了。

这也并非学者们精选的宝书，凡国民都非看不可。只要是有稿子，有印费，便即付印，想使萧索的读者，作者，译者，大家稍微感到一点热闹。内容自然是很庞杂的，因为希图在这庞杂中略见一致，所以又一括为相近的形式，而名之曰《未名丛刊》。

大志向是丝毫也没有。所愿的：无非（1）在自己，是希望那印成的从速卖完，可以收回钱来再印第二种；（2）对于读者，是希望看了之后，不至于以为太受欺骗了。

以上是一九二四年十二月间的话。

现在将这分为两部分了：这里专收译本；还有集印创作的，叫作《乌合丛书》。

创作，谁都知道可尊，但还有人只能翻译，或者偏爱翻译，而且深信有些翻译竟胜于有些创作，所以仍是悍然翻译，而印在这《未名丛刊》中。

亲自试过的，会知道翻译有时比创作还麻烦，即此小工作，也不敢自说一定下得去；然而译者总尽自己的力和心，如果终于下不去了，那大概是无能之故，并非敢于骗版税。

版税现在还不能养活一个著作者，而况是收在《未名丛刊》中。因为这书的纸墨装订是好的，印的本数是少的，而定价是不贵的。

但为难的是缺本钱；所希望的只在爱护本刊者以现钱直接来购买，那么，《未名丛刊》就续出不尽了，我们就感谢不尽了。

已印成和未印成的书目：

1.《苦闷的象征》。日本厨川白村作；鲁迅译。价五角。在再版。

2.《苏俄的文艺论战》。俄国褚沙克等作；任国桢译。价三角半。

——二种北新书局发行

3.《出了象牙之塔》。实价七角　不许翻印

——北京东城沙滩新开路第五号

未名社刊物经售处发行

4.《往星中》。俄国安特来夫作戏剧；李霁野译。

5.《穷人》。俄国陀思妥夫斯奇作小说；韦丛芜译。

6.《小约翰》。荷兰望蔼覃作象征的写实的童话诗。鲁迅译。

7.《十二个》。俄国勃洛克作长诗；胡斆译。

——以上四种现正在校印

本社刊物经售处发行

题注：

本篇最初刊于1925年12月未名社出版的《出了象牙之塔》版权页后。初未收集。

关于《近代美术史潮论》插图

　　《希阿的屠杀》系陀拉克罗亚作，图上注错了。《骑士》是藉里珂画的。

　　那四个人名的原文，是 Aristide Maillol，Charles Barry，Joseff Poelaert，Charles Garnier。本文中讲到他们的时候，都还要注出来。

鲁迅。四月十一日。

【备考】：

来信

编者先生：

　　下面关于贵志插图所问，请答复：

　　（一）第二卷第十期内《近代美术史潮论》的一幅画——《希阿的屠杀》，画上注着是藉里珂绘，但文中记是陀拉克罗亚的作品，大概画上是注错的。旁边一幅《骑士》也是藉里珂的，没有错吗？

（二）第五期的插图《女》的雕刻家迈约尔，和第六期的插图《伦敦议事堂》和第九期的《勃吕舍勒法院》和《巴黎歌剧馆》的前后三个建筑家——伯黎，丕垒尔，喀尔涅——的西文名字叫怎么？

陈德明。十七，四，五。

题注：

本篇最初发表于 1928 年 5 月 1 日《北新》半月刊第二卷第十二号"自由问答"栏，排在陈德明来信之后。初未收集。

编者附白

　　附白：本刊前一本中的插图四种，题字全都错误，对于和本篇有关的诸位，实为抱歉。现在改正重印，附在卷端，请读者仍照前一本图目上所指定的页数，自行抽换为幸。

编者。

题注：

　　本篇最初发表于 1928 年 10 月 30 日《奔流》月刊第一卷第五期，排在目录之后。初未收集。插图四种，指《奔流》第一卷第四期所载译文《叛逆者（关于罗丹的考察）》所附的是雕塑家罗丹的作品，其说明全部写错，鲁迅予以更正。

《近代木刻选集》（1）小引

中国古人所发明，而现在用以做爆竹和看风水的火药和指南针，传到欧洲，他们就应用在枪炮和航海上，给本师吃了许多亏。还有一件小公案，因为没有害，倒几乎忘却了。那便是木刻。

虽然还没有十分的确证，但欧洲的木刻，已经很有几个人都说是从中国学去的，其时是十四世纪初，即一三二〇年顷。那先驱者，大约是印着极粗的木版图画的纸牌；这类纸牌，我们至今在乡下还可看见。然而这博徒的道具，却走进欧洲大陆，成了他们文明的利器的印刷术的祖师了。

木版画恐怕也是这样传去的；十五世纪初，德国已有木版的圣母像，原画尚存比利时的勃吕舍勒博物馆中，但至今还未发见过更早的印本。十六世纪初，是木刻的大家调垒尔（A.Dürer）和荷勒巴因（H.Holbein）出现了，而调垒尔尤有名，后世几乎将他当作木版画的始祖。到十七八世纪，都沿着他们的波流。

木版画之用，单幅而外，是作书籍的插图。然则巧致的铜版图术一兴，这就突然中衰，也正是必然之势。惟英国输入铜版术较晚，还在保存旧法，且视此为义务和光荣。一七七一年，以初用木口雕刻，即所谓"白线雕版法"而出现的，是毕维克（Th.Bewick）。这新法进入欧洲大陆，又成了木刻复兴的动机。

但精巧的雕镂，后又渐偏于别种版式的模仿，如拟水彩画，蚀铜版，网铜版等，或则将照相移在木面上，再加绣雕，技术固然极精熟了，但已成为复制底木版。至十九世纪中叶，遂大转变，而创作底木刻兴。

所谓创作底木刻者，不模仿，不复刻，作者捏刀向木，直刻下去——记得宋人，大约是苏东坡罢，有请人画梅诗，有句云："我有一匹好东绢，请君放笔为直干！"这放刀直干，便是创作底版画首先所必须，和绘画的不同，就在以刀代笔，以木代纸或布。中国的刻图，虽是所谓"绣梓"，也早已望尘莫及，那精神，惟以铁笔刻石章者，仿佛近之。

因为是创作底，所以风韵技巧，因人不同，已和复制木刻离开，成了纯正的艺术，现今的画家，几乎是大半要试作的了。

在这里所介绍的，便都是现今作家的作品；但只这几枚，还不足以见种种的作风，倘为事情所许，我们逐渐来输运罢。木刻的回国，想来决不至于像别两样的给本师吃苦的。

一九二九年一月二十日，鲁迅记于上海。

题注：

本篇最初发表于上海《朝花》周刊第八期（1929年1月24日）。同时收入本年1月26日朝花社出版的《艺苑朝华》第一期第一辑《近代木刻选集》（1）。初未收集。《近代木刻选集》（1）系鲁迅编选。据许广平说，鲁迅"编《奔流》时需要很丰富的插图，却没有地方可借"，因此只能向外国订购各种美术书籍，也就见到不少木刻作品，"所见一多，引起爱好，更大事购置"（《关于鲁迅的生活·鲁迅与中国木刻运动》），于是着手组织朝花社，编选《艺苑朝华》。

《蕗谷虹儿画选》小引

　　中国的新的文艺的一时的转变和流行，有时那主权是简直大半操于外国书籍贩卖者之手的。来一批书，便给一点影响。《Modern Library》中的 A.V.Beardsley 画集一入中国，那锋利的刺戟力，就激动了多年沉静的神经，于是有了许多表面的摹仿。但对于沉静，而又疲弱的神经，Beardsley 的线究竟又太强烈了，这时适有蕗谷虹儿的版画运来中国，是用幽婉之笔，来调和了 Beardsley 的锋芒，这尤合中国现代青年的心，所以他的摹仿就至今不绝。

　　但可惜的是将他的形和线任意的破坏，——不过不经比较，是看不出底细来的。现在就从他的画谱《睡莲之梦》中选取六图，《悲凉的微笑》中五图，《我的画集》中一图，大约都是可显现他的特色之作，虽然中国的复制，不能高明，然而究竟较可以窥见他的真面目了。

　　至于作者的特色之所在，就让他自己来说罢——

　　　"我的艺术，以纤细为生命，同时以解剖刀一般的锐利的锋芒为力量。

"我所引的描线，必需小蛇似的敏捷和白鱼似的锐敏。

"我所画的东西，单是'如生'之类的现实的姿态，是不够的。

"于悲凉，则画彷徨湖畔的孤星的水妖（Nymph），于欢乐，则画在春林深处，和地祇（Pan）相谑的月光的水妖罢。

"描女性，则选多梦的处女，且备以女王之格，注以星姬之爱罢。

"描男性，则愿探求神话，拉出亚波罗（Apollo）来，给穿上漂泊的旅鞋去。

"描幼儿，则加以天使的羽翼，还于此被上五色的文绫。

"而为了孕育这些爱的幻想的模特儿们，我的思想，则不可不如深夜之暗黑，清水之澄明。"（《悲凉的微笑》自序）

这可以说，大概都说尽了。然而从这些美点的别一面看，也就令人所以评他为倾向少年男女读者的作家的原因。

作者现在是往欧洲留学去了，前途正长，这不过是一时期的陈迹，现在又作为中国几个作家的秘密宝库的一部份，陈在读者的眼前，就算一面小镜子，——要说得堂皇一些，那就是，这才或者能使我们逐渐认真起来，先会有小小的真的创作。

从第一到十一图，都有短短的诗文的，也就逐图译出，附在各图前面了，但有几篇是古文，为译者所未曾研究，所以有些错误，也说不定的。首页的小图也出《我的画集》中，原题曰《瞳》，是作者所爱描的大到超于现实的眸子。

一九二九年一月二十四日，鲁迅在上海记。

题注:

本篇最初收入朝花社 1929 年 1 月出版的《艺苑朝华》第一期第二辑《蕗谷虹儿画选》。初未收集。《蕗谷虹儿画选》,朝花社编印,内收蕗谷虹儿作品 12 幅,并附有画家的诗和散文诗 11 首。蕗谷虹儿,日本画家,作品有诗画集《睡莲之梦》《悲凉的微笑》等。文中"中国几个作家",指叶灵凤等人。叶灵凤在他所画的刊物封面和书籍插图中常模仿英国画家比亚兹莱和日本画家蕗谷虹儿的作品。鲁迅后来在《为了忘却的记念》一文中又指出,这本《蕗谷虹儿画选》"是为了扫荡上海滩上的'艺术家',即戳穿叶灵凤这纸老虎而印的"。

《近代木刻选集》（1）附记

本集中的十二幅木刻，都是从英国的《The Bookman》，《The Studio》，《The Wood-cut of To-day》（Edited by G.Holme）中选取的，这里也一并摘录几句解说。

惠勃（C.C.Webb）是英国现代著名的艺术家，从一九二二年以来，都在毕明翰（Birmingham）中央学校教授美术。第一幅《高架桥》是圆满的大图画，用一种独创的方法所刻，几乎可以数出他雕刻的笔数来。统观全体，则是精美的发光的白色标记，在一方纯净的黑色地子上。《农家的后园》刀法，也多相同。《金鱼》更可以见惠勃的作风，新近在 Studio 上，曾大为 George Sheringham 所称许。

司提芬·蓬（Stephen Bone）的一幅，是 George Bourne 的《A Farmer's Life》的插图之一。论者谓英国南部诸州的木刻家无出作者之右，散文得此，而妙想愈明云。

达格力秀（E.Fitch Daglish）是伦敦动物学会会员，木刻也有名，尤宜于作动植物书中的插画，能显示最严正的自然主义和纤巧敏慧的装饰的感情。《田凫》是 E.M.Nicholson 的《Birds in England》中插画之一；《淡水鲈鱼》是 Izaak Walton and Charles Cotton 的《The

Compleate Angler》中的。观这两幅，便可知木刻术怎样有裨于科学了。

哈曼·普耳（Herman Paul），法国人，原是作石版画的，后改木刻，后又转通俗（Popular）画。曾说"艺术是一种不断的解放"，于是便简单化了。本集中的两幅，已很可窥见他后来的作风。前一幅是 Rabelais 著书中的插画，正当大雨时；后一幅是装饰 André Marty 的诗集《La Doctrine des Preux》（《勇士的教义》）的，那诗的大意是——

　　看残废的身体和面部的机轮，
　　染毒的疮疤红了面容，
　　少有勇气与丑陋的人们，传闻
　　以千辛万苦获得了好的名声。

迪绥尔多黎（Benvenuto Disertori），意大利人，是多才的艺术家，善于刻石，蚀铜，但木刻更为他的特色。《La Musa del Loreto》是一幅具有律动的图象，那印象之自然，就如本来在木上所创生的一般。

麦格努斯·拉该兰支（S.Magnus-Lagercranz）夫人是瑞典的雕刻家，尤其擅长花卉。她的最重要的工作，是一册瑞典诗人 Atterbom 的诗集《群芳》的插图。

富耳斯（C.B.Falls）在美国，有最为多才的艺术家之称。他于诸艺术无不尝试，而又无不成功。集中的《岛上的庙》，是他自己选出的得意的作品。

华惠克（Edward Worwick）也是美国的木刻家。《会见》是装饰与想像的版画，含有强烈的中古风味的。

书面和首叶的两种小品，是法国画家拉图（Alfred Latour）之作，自《The Wood-cut of To-day》中取来，目录上未列，附记于此。

题注：

本篇最初收入 1929 年 1 月 26 日朝花社出版的《艺苑朝华》第一期第一辑《近代木刻选集》（1）。初未收集。

谨启

诸位读者先生:

《北新》第三卷第二号的插图,还是《美术史潮论》上的插图,那"罗兰珊:《女》"及"莱什:《朝餐》",画和题目互错了,请自行改正,或心照。

顺便还要附告几位先生们:著作"落伍",翻译错误,是我的责任。其余如书籍缺页,定刊物后改换地址,邮购刊物回件和原单不符,某某殊为可恶之类,我都管不着的,希径与书店直接交涉为感。

一月二十八日,鲁迅。

题注:

本篇最初发表于1929年2月16日《北新》半月刊第三卷第四号。初未收集。本文更正了《北新》第三卷第二号上插图说明文字的错误。

致《近代美术史潮论》的读者诸君

《近代美术史潮论》的读者诸君：

在现在的中国，文学和艺术，也还是一种所谓文艺家的食宿的窠。这也是出于不得已的。我一向并不想如顽皮的孩子一般，拿了一枝细竹竿，在老树上的崇高的窠边搅扰。

关于绘画，我本来是外行，理论和派别之类，知道是知道一点的，但这并不足以除去外行的徽号，因为所知道的并不多。我所以翻译这书的原因，是起于前一年多，看见李小峰君在搜罗《北新月刊》的插画，于是想，在新艺术毫无根柢的国度里，零星的介绍，是毫无益处的，最好是有一些统系。其时适值这《近代美术史潮论》出版了，插画很多，又大抵是选出的代表之作。我便主张用这做插画，自译史论，算作图画的说明，使读者可以得一点头绪。此外，意识底地，是并无什么对于别方面的恶意的。

这意见总算实行了。登载之后，就得到蒙着"革命文学家"面具的装作善意的警告，是一张信片，说我还是去创作好，不该滥译日本书。从前创造社所区分的"创作是处女，翻译是媒婆"之说，我是见过的，但意见不能相同，总以为处女并不妨去做媒婆——后来他们居然也兼做了——，倘不过是一个媒婆，更无须硬称处女。我终于并不蔑视翻译。至于这一本书，自然决非不朽之作，但也自立统系，言之成理的，现在还不能抹杀他的存在。我所选译的书，这样的就够了，虽然并非不知道有伟大的歌德，尼采，马克斯，但自省才力，还不能移译他们的书，所以也没有附他们之书以传名于世的大志。

抱着这样的小计画，译着这样的小册子，到目下总算登完了。但复看一回，又觉得很失望。人事是互相关连的，正如译文之不行一样，在中国，校对，制图，都不能令人满意。例如图画罢，将中国版和日本版，日本版和英德诸国版一比较，便立刻知道一国不如一国。三色版，中国总算能做了，也只两三家。这些独步的印刷局所制的色彩图，只看一张，是的确好看的，但倘将同一的图画看过几十张，便可以发见同一的色彩，浓淡却每张有些不同。从印画上，本来已经难于知道原画，只能仿佛的了，但在这样的印画上，又岂能得到"仿佛"。书籍既少，印刷又拙，在这样的环境里，要领略艺术的美妙，我觉得是万难做到的。力能历览欧陆画廊的幸福者，不必说了，倘只能在中国而偏要留心国外艺术的人，我以为必须看看外国印刷的图画，那么，所领会者，必较拘泥于"国货"的时候为更多。——这些话，虽然还是我被人骂了几年的"少看中国书"的老调，但我敢说，自己对于这主张，是有十分确信的。

只要一比较，许多事便明白；看书和画，亦复同然。

倘读者一时得不到好书，还要保存这小本子，那么，只要将译文拆出，照"插画目次"所指定的页数，插入图画去（希涅克的《帆船》，本文并未提及，但"彩点画家"是说起的，这即其一例），订起来，也就成为一本书籍了。其次序如下：

（1）全书首页 （2）序言 （3）本文目次
（4）插画目次 （5）本文首页 （6）本文

还有一些误字，是要请读者自行改正的。现在举其重要者于下：

甲　文字

页	行	误	正
XX	五	樵探	樵采
11	十二	造创	创造
14	一	并永居	而永居
23	八	Autonio	Antonio
28	二	模样	这样
32	七	在鲁	在卢
61	一	前体	前面
63	三	河内	珂内
66	八	Nagarener	Nazarener
74	四	他热化	白热化
82	八	回此	因此
86	七	质地开始	科白开场
92	五	秦祀	奉祀
95	五	间开勒	洵开勒
95	九	一统	一流
109	十二	证明	澄明
114	三	煎煎	熊熊

115	十二	o SIrie	Sélrie
116	三	说解	误解
125	二	恐佈	恐怖
130	四	冷潮	冷嘲
135	二	言要	要将
138	四	豊姿	丰姿
139	六	觉者	观者
145	四	去怎	又怎
146	十	正座	玉座
146	十二	多人物	许多人物
147	一	台库	台座
151	一	比外	此外
152	一	证明	澄明
158	十一	希勅	希勒
159	八	auf	auf–
161	九	稳约	隐约
171	十	图桂	圆柱
177	六	Vineent	Vincent
197	一	Romanntigue	Romantique
197	四	Se,	se
197	四	part	á part
197	六	Iln ous	Il nous
197	六	aw	au
197	九	quon	qu'on
198	五	Copie,	Copié

198	六	il n'élait	il n'etait
198	十	jái	J'ai
198	十二	dén	d'eu
200	八	Sout	Sont
200	九	exect	exact
200	九	réculte	résulte
200	九	sout	sont
200	十一	dovarat	devrait
201	一	le	la
201	四	Voila	Voilà

乙　插画题字

误	正
萨昆尼的女人	萨毗尼的女人
托罗蔼庸庸	托罗蔼雍
康斯召不勒	康斯台不勒
穆纳：卢安大寺	卢安大寺
卢安大寺	穆纳：卢安大寺
凯尔	凯尔波
罗兰珊：女	莱什：朝餐
莱什：朝餐	罗兰珊：女

抄完校勘表，头昏眼花，不想再写什么废话了，就此"带住"，顺请

文安罢。

鲁迅。二月二十五日。

题注：

　　本篇最初发表于 1929 年 3 月 1 日上海《北新》半月刊第三卷第五号"通讯"栏。初未收集。《近代美术史潮论》，日本板垣鹰穗著，鲁迅译，1929 年由上海北新书局出版。

《近代木刻选集》（2）小引

　　我们进小学校时，看见教本上的几个小图画，倒也觉得很可观，但到后来初见外国文读本上的插画，却惊异于它的精工，先前所见的就几乎不能比拟了。还有英文字典里的小画，也细巧得出奇。凡那些，就是先回说过的"木口雕刻"。

　　西洋木版的材料，固然有种种，而用于刻精图者大概是柘木。同是柘木，因锯法两样，而所得的板片，也就不同。顺木纹直锯，如箱板或桌面板的是一种，将木纹横断，如砧板的又是一种。前一种较柔，雕刻之际，可以挥凿自如，但不宜于细密，倘细，是很容易碎裂的。后一种是木丝之端，攒聚起来的板片，所以坚，宜于刻细，这便是"木口雕刻"。这种雕刻，有时便不称 Wood-cut，而别称为 Wood-engraving 了。中国先前刻木一细，便曰"绣梓"，是可以作这译语的。和这相对，在箱板式的板片上所刻的，则谓之"木面雕刻"。

　　但我们这里所绍介的，并非教科书上那样的木刻，因为那是意在逼真，在精细，临刻之际，有一张图画作为底子的，既有底子，便是以刀拟笔，是依样而非独创，所以仅仅是"复刻板画"。至于"创作板画"，是并无别的粉本的，乃是画家执了铁笔，在木版上作画，本集中的达格力秀的两幅，永濑义郎的一幅，便是其例。自然也可以逼真，也可以精细，然而这些之外有美，有力；仔细看去，虽在复制的画幅上，总还可以看出一点"有力之美"来。

但这"力之美"大约一时未必能和我们的眼睛相宜。流行的装饰画上，现在已经多是削肩的美人，枯瘦的佛子，解散了的构成派绘画了。

有精力弥满的作家和观者，才会生出"力"的艺术来。"放笔直干"的图画，恐怕难以生存于颓唐，小巧的社会里的。

附带说几句，前回所引的诗，是将作者记错了。季黻来信道："我有一匹好东绢……"系出于杜甫《戏韦偃为双松图》，末了的数句，是"重之不减锦绣段，已令拂拭光凌乱，请君放笔为直干"。并非苏东坡诗。

一九二九年三月十日，鲁迅记。

题注：

本篇最初发表于上海《朝花》周刊第十二期（1929 年 3 月 21 日）。同时收入本年 3 月朝花社出版的《艺苑朝华》第一期第三辑《近代木刻选集》（2）。初未收集。《近代木刻选集》（2），朝华社编印，选入欧美和日本版画作品 12 幅。"粉本"，是中国绘画俗语，原指施粉上样的中国画稿本，后用以泛称绘画底稿。"构成派"，是 20 世纪初期在苏联形成的艺术流派，主张艺术要直接与工业生产、社会建设结合，反对一般的绘画、雕塑等"纯粹艺术"，强调机械的美和以几何图形构成作品。

《近代木刻选集》（2）附记

本集中的十二幅木刻大都是从英国的《The Woodcut of To-day》《The Studio》,《The Smaller Beasts》中选取的，这里也一并摘录几句解说。

格斯金（Arthur J.Gaskin），英国人。他不是一个始简单后精细的艺术家。他早懂得立体的黑色之浓淡关系。这幅《大雪》的凄凉和小屋底景致是很动人的。雪景可以这样比其他种种方法更有力地表现，这是木刻艺术的新发见。《童话》也具有和《大雪》同样的风格。

杰平（Robert Gibbings）早是英国木刻家中一个最丰富而多方面的作家。他对于黑白的观念常是意味深长而且独创的。E.Powys Mathers 的《红的智慧》插画在光耀的黑白相对中有东方的艳丽和精巧的白线底律动。他的令人快乐的《闲坐》，显示他在有意味的形式里黑白对照的气质。

达格力秀（Eric Fitch Daglish）在我们的《近代木刻选集》（1）里已曾叙述了。《伯劳》见 J.H.Fabre 的《Animal Life in Field and Garden》中。《海狸》见达格力秀自撰的 Animal in Black and White 丛书第二卷《The Smaller Beasts》中。

凯亥勒（Émile Charles Carlègle）原籍瑞士，现入法国籍。木刻于他是种直接的表现的媒介物，如绘画，蚀铜之于他人。他配列光和影，指明颜色的浓淡；他的作品颤动着生命。他没有什么美学理论，他以为凡是有趣味的东西能使生命美丽。

奥力克（Emil Orlik）是最早将日本的木刻方法传到德国去的人。但他却将他自己本国的种种方法融合起来刻木的。

陀蒲晋司基（M.Dobuzinski）的窗，我们可以想像无论何人站在那里，如那个人站着的，张望外面的雨天，想念将要遇见些什么。俄国人是很想到站在这个窗下的人的。

左拉舒（William Zorach）是俄国种的美国人。他注意于有趣的在黑底子上的白块，不斤斤于用意的深奥。《游泳的女人》由游泳的眼光看来，是有些眩目的。这看去像油漆布雕刻，不大像木刻。游泳是美国木刻家所好的题材，各人用各人的手法创造不同的风格。

永濑义郎，曾在日本东京美术学校学过雕塑，后来颇尽力于版画，著《给学版画的人》一卷。《沉钟》便是其中的插画之一，算作"木口雕刻"的作例，更经有名的刻手菊地武嗣复刻的。现在又经复制，但还可推见黑白配列的妙处。

题注：

本篇最初收入 1929 年 3 月朝花社出版的《艺苑朝华》第一期第三辑《近代木刻选集》（2）。初未收集。

哈谟生的几句话

　　《朝花》六期上登过一篇短篇的瑙威作家哈谟生，去年日本出版的《国际文化》上，将他算作左翼的作家，但看他几种作品，如《维多利亚》和《饥饿》里面，贵族底的处所却不少。

　　不过他在先前，很流行于俄国。二十年前罢，有名的杂志《Nieva》上，早就附印他那时为止的全集了。大约他那尼采和陀思妥夫斯基气息，正能得到读者的共鸣。十月革命后的论文中，也有时还在提起他，可见他的作品在俄国影响之深，至今还没有忘却。

　　他的许多作品，除上述两种和《在童话国里》——俄国的游记——之外，我都没有读过。去年，在日本片山正雄作的《哈谟生传》里，看见他关于托尔斯泰和伊孛生的意见，又值这两个文豪的诞生百年纪念，原是想绍介的，但因为太零碎，终于放下了。今年搬屋理书，又看见了这本传记，便于三闲时译在下面。

　　那是在他三十岁时之作《神秘》里面的，作中的人物那该尔的人生观和文艺论，自然也就可以看作作者哈谟生的意见和批评。他跺着脚骂托尔斯泰——

"总之，叫作托尔斯泰的汉子，是现代的最为活动底的蠢才，……那教义，比起救世军的唱 Halleluiah（上帝赞美歌——译者）来，毫没有两样。我并不觉得托尔斯泰的精神比蒲斯大将（那时救世军的主将——译者）深。两个都是宣教者，却不是思想家。是买卖现成的货色的，是弘布原有的思想的，是给人民廉价采办思想的，于是掌着这世间的舵。但是，诸君，倘做买卖，就得算算利息，而托尔斯泰却每做一回买卖，就大折其本……不知沉默的那多嘴的品行，要将愉快的人世弄得铁盘一般平坦的那努力，老嬉客似的那道德底的唠叨，像煞雄伟一般不识高低地胡说的那坚决的道德，一想到他，虽是别人的事，脸也要红起来……。"

说也奇怪，这简直好像是在中国的一切革命底和遵命底的批评家的暗疮上开刀。至于对同乡的文坛上的先辈伊孛生——尤其是后半期的作品——是这样说——

"伊孛生是思想家？通俗的讲谈和真的思索之间，放一点小小的区别，岂不好么？诚然，伊孛生是有名人物呀。也不妨尽讲伊孛生的勇气，讲到人耳朵里起茧罢。然而，论理底勇气和实行底勇气之间，舍了私欲的不羁独立的革命底勇猛心和家庭底的煽动底勇气之间，莫非不见得有放点小小的区别的必要么？其一，是在人生上发着光芒，其一，不过是在戏园里使看客咋舌……要谋叛的汉子，不带软皮手套来捏钢笔杆这一点事，是总应该做的，不应该是能做文章的一个小畸人，不应该仅是为德国人的文章上的一个概念，应该是名曰人生这一个热闹场里的活动底人物。伊孛生的革命底勇气，大约是确不至于陷其人于危地的。箱船之下，敷设水雷之类的事，比起活的，燃烧似的实行来，是贫弱的桌子上的空论罢了。诸君听见过撕开苎麻的声音么？嘻嘻嘻，是多么盛大的声音呵。"

这于革命文学和革命，革命文学家和革命家之别，说得很露骨，至于遵命文学，那就不在话下了。也许因为这一点，所以他倒是左翼底罢，并不全在他曾经做过各种的苦工。

最颂扬的，是伊孛生早先文坛上的敌对，而后来成了儿女亲家的毕伦存（B.Björnson）。他说他活动着，飞跃着，有生命。无论胜败之际，都贯注着个性和精神。是有着灵感和神底闪光的瑙威惟一的诗人。但我回忆起看过的短篇小说来，却并没有看哈谟生作品那样的深的感印。在中国大约并没有什么译本，只记得有一篇名叫《父亲》的，至少翻过了五回。

哈谟生的作品我们也没有什么译本。五四运动时候，在北京的青年出了一种期刊叫《新潮》，后来有一本《新著绍介号》，预告上似乎是说罗家伦先生要绍介《新地》（Neue Erde）。这便是哈谟生做的，虽然不过是一种倾向小说，写些文士的生活，但也大可以借来照照中国人。所可惜的是这一篇绍介至今没有印出罢了。

三月三日，于上海。

题注：

本篇最初发表于上海《朝花》周刊第十一期（1929 年 3 月 14 日）。初未收集。哈谟生，通译哈姆生，挪威作家。1920 年曾获诺贝尔文学奖。作品有小说《饥饿》《大地的生长物》等。《朝花》周刊第六期刊有梅川译的哈姆生短篇小说《生命之呼声》。《朝花》是鲁迅、柔石合编的文艺刊物，1928 年 12 月 6 日创刊于上海，初为周刊，共出 20 期。1929 年 6 月 1 日改出旬刊，同年 9 月 21 日出至第十二期停刊。1928 年 11 月鲁迅写的《〈农夫〉译后附记》中，谈到文坛上对托尔斯泰的批评时说："今年上半年'革命文学'的创造社和'遵命文学'的新月社，都向'浅薄的人道主义'进攻。"

《比亚兹莱画选》小引

比亚兹莱（Aubrey Beardsley 1872—1898）生存只有二十六年，他是死于肺病的。生命虽然如此短促，却没有一个艺术家，作黑白画的艺术家，获得比他更为普遍的名誉；也没有一个艺术家影响现代艺术如他这样的广阔。比亚兹莱少时的生活底第一个影响是音乐，他真正的嗜好是文学。除了在美术学校两月之外，他没有艺术的训练。他的成功完全是由自习获得的。

以《阿赛王之死》的插画他才涉足文坛。随后他为《The Studio》作插画，又为《黄书》(《The Yellow Book》) 的艺术编辑。他是由《黄书》而来，由《The Savoy》而去的。无可避免地，时代要他活在世上。这九十年代就是世人所称的世纪末（fin de siècle）。他是这年代底独特的情调底唯一的表现者。九十年代底不安的，好考究的，傲慢的情调呼他出来的。

比亚兹莱是个讽刺家，他只能如 Baudelaire 描写地狱，没有指出一点现代的天堂底反映。这是因为他爱美而美的堕落才困制他；这是因为他如此极端地自觉美德而败德才有取得之理由。有时他的作品达到纯粹的美，但这是恶魔的美，而常有罪恶底自觉，罪恶首受美而变形又复被美所暴露。

　　视为一个纯然的装饰艺术家，比亚兹莱是无匹的。他把世上一切不一致的事物聚在一堆，以他自己的模型来使他们织成一致。但比亚兹莱不是一个插画家。没有一本书的插画至于最好的地步——不是因为较伟大而是不相称，甚且不相干。他失败于插画者，因为他的艺术是抽象的装饰；它缺乏关系性底律动——恰如他自身缺乏在他前后十年间底关系性。他埋葬在他的时期里有如他的画吸收在它自己的坚定的线里。

　　比亚兹莱不是印象主义者，如 Manet 或 Renoir，画他所"看见"的事物；他不是幻想家，如 William Blake，画他所"梦想"的事物；他是个有理智的人，如 George Frederick Watts，画他所"思想"的事物。虽然无日不和药炉为伴，他还能驾御神经和情感。他的理智是如此的强健。

　　比亚兹莱受他人影响却也不少，不过这影响于他是吸收而不是被吸收。他时时能受影响，这也是他独特的地方之一。Burne-Jones 有助于他在他作《阿赛王之死》的插画的时候；日本的艺术，尤其是英泉的作品，助成他脱离在《The Rape of the Lock》底 Eisen 和 Saint-Aubin 所显示给他的影响。但 Burne-Jones 底狂喜的疲弱的灵性变为怪诞的睥睨的肉欲——若有疲弱的，罪恶的疲弱的话。日本底凝冻的实在性变为西方的热情底焦灼的影像表现在黑白底锐利而清楚的影和曲线中，暗示即在彩虹的东方也未曾梦想到的色调。

　　他的作品，因为翻印了《Salomè》的插画，还因为我们本国时行艺术家的摘取，似乎连风韵也颇为一般所熟识了。但他的装饰画，却未经诚实地介绍过。现在就选印这十二幅，略供爱好比亚兹莱者看看他未经撕剥的遗容，并摘取 Arthur Symons 和 Holbrook Jackson 的话，算作说明他的特色的小引。

一九二九年四月二十日，朝花社识。

题注：

　　本篇最初收入朝花社 1929 年 4 月 26 日出版的《艺苑朝华》第一期第四辑《比亚兹莱画选》。初未收集。该画册选入英国现代版画家比亚兹莱的作品 12 幅。鲁迅在《二心集·上海文艺之一瞥》中曾说："在现在，新的流氓画家又出了叶灵凤先生，叶先生的画是从英国的毕亚兹莱（Aubrey Beardsley）剥来的。"Baudelaire，波特莱尔，法国诗人，著有诗集《恶之花》等。Manet，马奈，法国画家，作品有《左拉肖像》等。Renoir，雷诺阿，法国画家，印象派代表人物之一，作品有《包厢》《舞会》等。

关于《关于红笑》

今天收到四月十八日的《华北日报》，副刊上有鹤西先生的半篇《关于红笑》的文章。《关于红笑》，我是有些注意的，因为自己曾经译过几页，那豫告，就登在初版的《域外小说集》上，但后来没有译完，所以也没有出版。不过也许是有些旧相识之故罢，至今有谁讲到这本书，大抵总还喜欢看一看。可是看完这《关于红笑》，却令我大觉稀奇了，也不能不说几句话。为要头绪分明，先将原文转载些在下面——

"昨天到塞君家去，看见第二十卷第一号的《小说月报》，上边有梅川君译的《红笑》，这部书，因为我和骏祥也译过，所以禁不住要翻开看看，并且还想来说几句关于《红笑》的话。

"自然，我不是要说梅川君不该译《红笑》，没有这样的理由也没有这样的权力。不过我对于梅川君的译文有一点怀疑的地方，固然一个人原不该随便地怀疑别个，但世上偏就是这点奇怪，尽有是让人意想不到的事情。不过也许我底过虑是错的，而且在梅川君看来也是意想不到的事，那么，这错处就在我，而这篇文字也就只算辩明我自己没有抄袭别人。现在我先讲讲事实的经过。

"《红笑》，是我和骏祥，在去年暑假中一个多星期内赶完的，……赶完之后就给北新寄去。过了许久才接到小峰君十一月七日的信，说是因系两人所译，前后文不连贯，托石民君校阅，又说稿费在月底准可寄来。以后我一连写了几封信去催问，均未得到回信，……所以年假中就将底稿寻出，又改译了一遍。文气是重新顺了一遍（特别是后半部），错误及不妥的地方一共改了几十处，交岐山书局印行。稿子才交出不久，却接到小峰二月十九日的信，钱是寄来了，虽然被抹去一点零头，因为稿子并未退回，所以支票我也暂时存着，没有退去，以后小峰君又来信说，原书，译稿都可退还，叫我将支票交给袁家骅先生。我回信说已照办，并请将稿子退了回来。但如今，书和稿子，始终还没有见面！

"这初次的译稿，我不敢一定说梅川君曾经见过，虽然我想梅川君有见到的可能。自然梅川君不一定会用我们底译文作蓝本来翻译，但是第一部的译文，句法神情都很相似的这一点，不免使我有一点怀疑。因为原来我们底初译是第一部比第二部流畅得多，同时梅川君的译文也是第一部比第二部好些，而彼此神似的又就是这九个断片。在未有更确切的证明时，我也不愿将抄袭这样的字眼，加于别人底头上，但我很希望对这点，梅川君能高兴给一个答复。假如一切真是我想错了呢，前边已经说过，这些话就作为我们就要出版的单行本并非抄袭的证明。"

文词虽然极婉委曲折之致，但主旨却很简单的，就是：我们的将出版的译本和你的已出版的译本，很相类似，而我曾将译稿寄给北新书局过，你有见到的可能，所以我疑心是你抄袭我们的，假如不然，那么"这些话就作为我们就要出版的单行本并非抄袭的证明"。

其实是，照原文的论法，则假如不然之后，就要成为"我们抄袭"你的了的，然而竟这么一来，化为神妙的"证明"了。但我并不想研究这些，仅要声明几句话，对于两方面——北新书局，尤其是小说月报社——声明几句话，因为这篇译稿，是由我送到小说月报社去的。

梅川君这部译稿，也是去年暑假时候交给我的，要我介绍出售，但我很怕做中人，就压下了。这样压着的稿件，现在还不少。直到十月，小说月报社拟出增刊，要我寄稿，我才记得起来，据日本二叶亭四迷的译本改了二三十处，和我译的《竖琴》一并送去了。另外有一部《红笑》在北新书局吃苦，我是一点都不知道的。至于梅川，他在离上海七八百里的乡下，那当然更不知道。

那么，他可有鹤西先生的译稿一到北新，便立刻去看的"可能"呢？我想，是不"能"的，因为他和北新中人一个不认识，倘跑进北新编辑部去翻稿件，那罪状是不止"抄袭"而已的。我却是"可能"的，不过我从去年春天以后，一趟也没有去过编辑部，这要请北新诸公谅察。

那么，为什么两本的好处有些相像呢？我虽然没有见过那一译本，也不知所据的是谁的英译，但想来，大约所据的是同一英译，而第二部也比第一部容易译，彼此三位的英文程度又相仿佛，所以去年是相像的，而鹤西先生们的译本至今未出，英文程度也大有进步了，改了一回，于是好处就多起来了。

因为鹤西先生的译本至今未出，所以也无从知道类似之度，究竟如何。倘仅有彼此神似之处，我以为那是因为同一原书的译本，并不足异的，正不必如此神经过敏，只因"疑心"，而竟想入非非，根据"世上偏就是这点奇怪，尽有是让人意想不到的事情"的理由，而先发制人，诬别人为"抄袭"，而且还要被诬者"给一个答复"，这真是"世上偏就是这点奇怪"了。

但倘若很是相同呢？则只要证明了梅川并无看见鹤西先生们的译稿的"可能"以后，即不用"世上偏就是这点奇怪"的论法，嫌疑总要在后出这一本了。

北平的日报，我不寄去，梅川是决不会看见的。我就先说几句，俟印出时一并寄去。大约这也就够了，阿弥陀佛。

四月二十日。

写了上面这些话之后，又陆续看到《华北日报》副刊上《关于红笑》的文章，其中举了许多不通和误译之后，以这样的一段作结：

"此外或者还有些，但我想我们或许总要比梅川君错得少点，而且也较为通顺，好在是不是，我们底译稿不久自可以证明。"

那就是我先前的话都多说了。因为鹤西先生已在自己切实证明了他和梅川的两本之不同。他的较好，而"抄袭"都成了"不通"和错误的较坏，岂非奇谈？倘说是改掉的，那就是并非"抄袭"了。倘说鹤西译本原也是这样地"不通"和错误的，那不是许多刻薄话，都是"今日之我"在打"昨日之我"的嘴巴么？总之，一篇《关于红笑》的大文，只证明了焦躁的自己广告和参看先出译本，加以修正，而反诬别人为"抄袭"的苦心。这种手段，是中国翻译界的第一次。

四月二十四日，补记。

这一篇还未在《语丝》登出，就收到小说月报社的一封信，里面是剪下的《华北日报》副刊，就是那一篇鹤西先生的《关于红笑》。据说是北平寄来，给编辑先生的。我想，这大约就是作者所玩的把戏。倘使真的，盖未免恶辣一点；同一著作有几种译本，又何必如此惶惶上诉。但一面说别人不通，自己却通，别人错多，自己错少。而一面又要证明别人抄袭自己之作，则未免恶辣得可怜可笑。然而在我，乃又颇叹绍介译作之难于今为甚也。为刷清和报答起见，我确信我也有将这篇送给《小说月报》编辑先生，要求再在本书上发表的义务和权利，于是乎亦寄之。

五月八日。

题注:

本篇最初发表于 1929 年 4 月 29 日《语丝》周刊第五卷第八期，后收入梅川所译《红的笑》。收入《集外集》。《红笑》，又作《红的笑》，俄国作家安德烈耶夫所作中篇小说。该译本于 1930 年 7 月由商务印书馆出版。

《近代世界短篇小说集》小引

一时代的纪念碑底的文章，文坛上不常有；即有之，也什九是大部的著作。以一篇短的小说而成为时代精神所居的大宫阙者，是极其少见的。

但至今，在巍峨灿烂的巨大的纪念碑底的文学之旁，短篇小说也依然有着存在的充足的权利。不但巨细高低，相依为命，也譬如身入大伽蓝中，但见全体非常宏丽，眩人眼睛，令观者心神飞越，而细看一雕阑一画础，虽然细小，所得却更为分明，再以此推及全体，感受遂愈加切实，因此那些终于为人所注重了。

在现在的环境中，人们忙于生活，无暇来看长篇，自然也是短篇小说的繁生的很大原因之一。只顷刻间，而仍可借一斑略知全豹，以一目尽传精神，用数顷刻，遂知种种作风，种种作者，种种所写的人和物和事状，所得也颇不少的。而便捷，易成，取巧……这些原因还在外。

中国于世界所有的大部杰作很少译本，翻译短篇小说的却特别的多者，原因大约也为此。我们——译者的汇印这书，则原因就在此。贪图用力少，绍介多，有些不肯用尽呆气力的坏处，是自问恐怕也在所不免的。但也有一点只要能培一朵花，就不妨做做会朽的腐草的近于不坏的意思。还有，是要将零星的小品，聚在一本里，可以较不容易于散亡。

我们——译者，都是一面学习，一面试做的人，虽于这一点小事，力量也还很不够，选的不当和译的错误，想来是一定不免的。我们愿受读者和批评者的指正。

一九二九年四月二十六日，朝花社同人识。

题注：

本篇最初发表于1929年4月出版的《近代世界短篇小说集（一）》，署名为"朝花社同人识"。1932年收入《三闲集》，1935年5月收入由上海群众图书公司出版的《集外集》，再版时将此文抽出。《近代世界短篇小说集》，鲁迅、柔石等编辑，朝花社出版，分第一册《奇剑及其他》和第二册《在沙漠上》两集，共收比利时、捷克等国家的短篇小说24篇。鲁迅在《两地书》一三一号中提到"赵公送来《奇剑及其他》十本"，即指该书出版后，送来10册。1935年12月29日鲁迅致杨霁云信中说："日前又寻得序文一篇，今录呈。"是指请杨霁云编辑《集外集》时将此文收入。

《艺苑朝华》广告

虽然材力很小，但要绍介些国外的艺术作品到中国来，也选印中国先前被人忘却的还能复生的图案之类。有时是重提旧时而今日可以利用的遗产，有时是发掘现在中国时行艺术家的在外国的祖坟，有时是引入世界上的灿烂的新作。每期十二辑，每辑十二图，陆续出版。每辑实洋四角，预定一期实洋四元四角。目录如下：

10.《希腊瓶画选集》

11.《近代木刻选集》（4）

12.《罗丹雕刻选集》

　　朝花社出版。

题注：

　　本篇最初收入 1929 年 4 月朝花社出版的《近代世界短篇小说集》第一集《奇剑及其他》。初未收集。

通讯（复张逢汉）

逢汉先生：

接到来信，我们很感谢先生的好意。

大约凡是译本，倘不标明"并无删节"或"正确的翻译"，或鼎鼎大名的专家所译的，欧美的本子也每不免有些节略或差异。译诗就更其难，因为要顾全音调和协韵，就总要加添或减去些原有的文字。世界语译本大约也如此，倘若译出来的还是诗的格式而非散文。但我们因为想介绍些名家所不屑道的东欧和北欧文学，而又少懂得原文的人，所以暂时只能用重译本，尤其是巴尔干诸小国的作品。原来的意思，实在不过是聊胜于无，且给读书界知道一点所谓文学家，世界上并不止几个受奖的泰戈尔和漂亮的曼殊斐儿之类。但倘有能从原文直接译出的稿子见寄，或加以指正，我们自然是十分愿意领受的。

这里有一件事很抱歉，就是我们所交易的印刷所里没有俄国字母，所以来信中的原文，只得省略，仅能将译文发出，以供读者的参考了。希见谅为幸。

鲁迅。六月二十五日，于上海。

关于孙用先生的几首译诗

编者先生：

我从均风兄处借来《奔流》第九期一册，看见孙用先生自世界语译的莱芒托夫几首诗，我发觉有些处与原本不合。孙先生是由世界语转译的，想必经手许多，有几次是失掉了原文的精彩的。孙先生第一首译诗《帆》，原文是：

（原文从略——编者。）

按着我的意思应当译为（曾刊登于《语丝》第五卷第三期）：

孤独发白的船帆，

在云雾中蔚蓝色的大海里……

他到很远的境域去寻找些什么？

他在故土里留弃着什么？

波涛汹涌，微风吼啸，

船桅杆怒愤着而发着噶吱吱的音调……

喂！他不寻找幸福，

也不是从幸福中走逃！

他底下是一行发亮光的苍色水流，

他顶上是太阳的金色的光芒；

可是他，反叛的，希求着巨风，

好像在巨风中有什么安宁！

第二首《天使》，孙先生译的有几处和我译的不同。(原文从略——编者。）我是这样的译：

夜半天使沿着天空飞翔，
寂静的歌曲他唱着；
月，星，和乌云一起很用心听那神的歌曲。

他歌着在天堂花园里树叶子的底上那无罪
灵魂的幸福，
他歌咏着伟大的上帝，
真实的赞美着他。

他抱拢了年青们的心灵，
为的是这悲苦和泪的世界；
歌曲的声音，留在青年人的灵魂里是——
没有只字，但却是活着。

为无边的奇怪的希望，
在这心灵，长久的于世界上不得安静，
人间苦闷的乐曲，
是不能够代替天上的歌声。

其余孙先生所译两首《我出来》和《三棵棕榈树》，可惜原本现时不在我手里。以后有工夫时可向俄国朋友处借看。我对孙先生的译诗，并不是来改正，乃本着真挚的心情，随便谈谈，请孙先生原谅！此请

撰安。

　　　　张逢汉。一九二九，五，七，于哈尔滨灿星社。

题注：

　　本篇最初发表于 1929 年 7 月 20 日《奔流》月刊第二卷第三期。收入《集外集》。孙用，翻译家，时在杭州邮局任职员，业余从事翻译工作。

现代电影与有产阶级

〔日本〕岩崎·昶作

一　电影与观众

电影的发明，是新的印刷术的起源。曾经借着活字和纸张，而输运开去，复制出来的思想，是有着使中世的封建底、旧教底社会意识，归于坏灭的力量的。

有产者底社会的勃兴，宗教改革，那些重大的历史底契机，由此得了结果了。现在，在思想的输运上，在观念形态的决定上，电影所负的任务，就更加积极底，更加意识底了。它是阶级社会的拥护，也是新的"宗教改革"。

这新的印刷术，是由于将运动的照相的一系列，印在 Zelluloid 的薄膜上而成立的。那活字，并非将概念传给读者，却给以动作和具象。这在直接地是视觉底的这一种意义上，是无上的通俗底的而同时也是感铭底的活字，在原则底地没有言语这一种意义上，则是国际底活字。作为宣传，煽动手段的电影的效用，就在这一点。

当考察作为宣传，煽动手段的电影之际，比什么都重大的，是电影和在那影响之下的大众的关联。

我想用了具体底的数目字来描写它。

据英国的电影杂志《The Cinema》所发表的统计，则一星期中的电影看客之数，其非常之多如下。

亚美利加

常设馆数	15,000
人口	106,000,000
每星期的看客数	47,000,000
对于人口的比率	45%

英吉利

常设馆数	3,800
人口	44,000,000
每星期的看客数	14,000,000
对于人口的比率	33.3%

德意志

常设馆数	3,600
人口	63,000,000
每星期的看客数	6,000,000
对于人口的比率	10.5%

（Hans Buchner—Im Banne des Films S.21.）

又，这些常设馆的收容力的总计，是可以看作每日看客数目的平均底数字的，如下表所示——

常设馆与收容力	常设馆数	收容人员
亚美利加	15,000	8,000,000
德意志	3,600	1,500,000
英吉利	3,800	1,250,000

于这些数字，乘以 365 则得

$$8{,}000{,}000 \times 365 = 2{,}920{,}000{,}000（亚美利加）$$
$$1{,}500{,}000 \times 365 = 547{,}500{,}000（德意志）$$
$$1{,}250{,}000 \times 365 = 456{,}250{,}000（英吉利）$$

就可以算作一年间的看客总额的大概。

但这些数字，还是一九二五年度的调查，若据较新的统计，则世界各国的常设馆数，总计约在六万五千以上。

内计——

亚美利加	20,000
德意志	4,000
法兰西	3,000
俄罗斯	10,000
意大利	2,000
西班牙	2,000
英吉利	4,000
日本	1,100

（Léon Moussinac—Panoramique du Cinéma，p.17）[1]

由此看来，则美，德，英三国，在常设馆数上，显示着约三成至一成的增加。于看客数，也可以想定为大约同率的增加；于这三国以外的诸国，也可以推为同样的增加率。

就是，虽在一九二五年度的统计，一年间的电影看客的总额，就已经到了在亚美利加是约二十九亿，在欧罗巴是二十亿，在亚细亚，腊丁·亚美利加，加拿大，亚非利加等是十亿，总计五十九亿那样的好像传奇的空想底数字了。

电影所支配的这庞大的观众，以及电影形式的直接性，国际性，——就证明着电影在分量上，在实质上，都是用于大众底宣传，煽动的绝好的容器。

二　电影与宣传

要正当地认识那作为宣传，煽动手段的电影的价值，必须知道所谓"宣传电影"这一句熟语，以及那概念之无意义。

为了绍介日本的好风景于外国，以招致游客而作的电影，富士山，艺妓，日光，温泉等等，我们常常称之为宣传电影。凡这些，有

---

[1]　Moussinac 所举的数字，并未揭出调查年度。推想起来，恐怕是一九二七年末的统计罢。

　　据一九二八年度的《Film-Daily》及其他的调查，则亚美利加于这数字上，增加 2.5% 有二万五百的常设馆；日本增加 10% 成为千二百；德国增加 30% 成为五千二百六十七（收容座位数一八七六七〇一）了。而这些，还是除掉了移动电影馆，非商业底剧场的数字。

时是因了教导疾病的预防法，奖励邮政储金，劝诱保险之类的目的而照的。那时候，我们便立刻感到装在那些软片之中的目的，领会了肺结核之可怕，开始贮金，加入生命保险去。然而利用了公会堂，小学校讲堂之类来开演的宣传电影，往往是不收费用的，既然白给人看，便会立刻发生疑惑，以为来演的那一面，一定有着白给人看的根由。这种宣传电影，目的意识就马上被看透。

有着衰老而盲目的母亲的独养子一太郎君，得了召集令，将母亲放在她的一切衰老和盲目之中，"为了君国"，出征去"膺惩可恶的仇敌"了。勇壮的日章旗，万岁，一太郎呀！我们往往被给看这种军国美谈的东西。而这些东西，乃是×××电影公司所制的商业电影，当开演时，也并不叨公会堂和小学校讲堂的光，收取着有名誉的观览费，在普通的常设馆里堂皇地开映。一到这样，善良而无所疑的看客，便不觉得这是宣传电影了。他们就将自己的付过正当的观览费这一个事实，做了那影片并非宣传电影的证明。其实，单纯的看客，是没有觉到陷于被那巧妙地布置了的宣传所煽动，所欺骗，然而对于那欺骗，还要付钱的二重欺骗的。

在市民底的用语惯例上的"宣传电影"的无意义，大略就如此。为什么呢，因为没有目的的电影，因而就不是宣传电影的电影之类的东西，不过是幻想的缘故。

我们能够就现在所制成的一切影片，将那隐微的目的——有时这还未意识底地到了目的地步，止是倾向以至趣味的程度罢了，但那倾向以至趣味，结果也是一个重要的宣传价值——摘发出来。那或是向帝国主义战争的进军喇叭，或是爱国主义，君权主义的鼓吹，或是利用了宗教的反动宣传，或是资产者社会的拥护，是对于革命的压抑，是劳资调和的提倡，是向小市民底社会底无关心的催眠药，——要之，是只为了资本主义底秩序的利益，专心安排了的思想底布置。

在一九二八年，开在墨斯科的中央委员会的席上，关于电影，有了

> "将电影放在劳动者阶级的手中，关于苏维埃教化和文化的进步的任务，作为指导，教育，组织大众的手段。"

的决议了。苏维埃电影的任务，即在在世界的电影市场上，抗拒着资本主义底宣传的澎湃的波浪，而作×××××宣传。

世界现今是正在作为第二次大战的准备的，观念形态斗争的涡中。而电影，是和那五十九亿的看客一同，可以在这斗争的秤盘上，加上决定底的重量去的。

三　电影和战争

资本主义底宣传电影之中，占着最重要的部门的，是战争影片。

将战争收入电影里去，已经颇早了。当电影刚要脱离襁褓的时候，我们就看见了罗马，巴比伦，埃及之类的兵卒的打仗。这是那时的电影对于舞台的唯一的长处，为了要使利用了自由的 Location（就地摄影）和巨大的 Set（场内陈设）和大众摄影的光景的魅力，发现到最大限度，所以设法出来的。辉煌的古代的铠甲，环以城垣的都市，神祠，奇怪的偶像，枪，盾，矛，火箭，石弩，这样异域情调的，而在当时，又是壮丽的布置，便忽然眩惑了对于电影还很幼稚的大众的眼，正合了时尚了。

但在初期的这类的战争，归根结蒂，和大排场的马戏，比武之类的把戏，也并无区别。古代罗马和凯尔达戈，都不是现代电影看客的祖国。战争也不过仗了那种煽情的视觉，使他们兴奋，有趣罢了。

　　引进近代的战争去，而在那里面分明地装入有意识的宣传底要素的最初的电影制作者，我以为恐怕是葛蕾菲士（D.W.Griffith）罢。他在取材于南北战争的《一民族之诞生》（Birth of a Nation），《亚美利加》（America）这些影片上，赞美北军的英雄主义，将所谓合众国建国的精神，化为正当，化为美丽了。凡这些，虽不如后出的许多好战底影片那样，积极底地鼓吹了对外战争，但那目的，则仍在对于国民中有着驳杂分子的人种博物馆一般的合众国和其居民，涵养其确固的国家底概念，爱国心。"十足的亚美利加人"这一句口号，流行起来，成为"亚美利加化"运动的有力的武器，对于从爱尔兰来的巡警，从昔昔利来的菜商，于黑人，于美洲印第安，也都想印上这脸谱去了。

　　"亚美利加化"的历程，以欧洲大战的勃发，亚美利加的参战，以及和这相伴的急速的帝国主义化为契机，而告了完成。

　　亚美利加和对德宣战同时，还必须送一百万军队到法兰西去，于是开始了速成的募兵，施行了速成的海军扩张。奏着煽动底的进行曲的军乐队，在各处都市的大街上往来，各十字路口帖着传单，报纸独于此时候说些"亚美利加市民"的义务。易受煽动的青年们，或者为着不去应募，将被恋人所鄙弃，或者为着对于生活，觉得厌倦，或者又为着"进了海军去看看世界"，就来当募兵了。当此之际，亚美利加政府之宣传，也是有史以来的最大规模，而且最见效果的了。

　　在这宣传之战，充了最主要的脚色的，是新闻和电影。当这时期，在本来的意义上的战争电影，这才制作出来了。

　　在以根据西班牙的发狂底反对德国者伊本纳支（Blasco Ibáñez）

的原作《默示录的四骑士》(Four Horsemen of the Apocalypse),《我们的海》(Mare Nostrum)为代表作品的战争影片上,亚美利加的支配阶级便描写出德国军队的如何凶残,德国潜艇的如何非人道,巧妙地煽动了单纯的花旗人。

然而花旗帝国主义开始呈露它本来的锐锋,却在欧战收场之后,懂得了大众的军国化,是应该在平时不断地安排的时候。

在一九二〇年代的前半,切实地支配了全世界人类的脑子的,首先是活泼泼的战争的记忆。于是发生一种欲望,要符世界大战这一个重大的历史底事件,在国民底叙事诗的形态上,艺术底地再现出来,正是自然的事。而所作的电影,就切实地倾向大众的兴味和感情上去,也正是自然的事。将这有利的情势,忽然利用了的,是花旗帝国主义。战争的叙事法,便以最为好战底的煽动企图,创作出来了。

战争影片的不绝的系列,产生了。《战地之花》(Big Parade),《飞机大战》(Wings)以下,许多反动底宣传影片,列举名目就不胜其烦。不消说,那些电影是没有战时的纯粹的煽动影片一般地露骨的,制作之法,是添些乐剧式恋爱的适当的甘甜,以及掩饰些人道主义底的战争批评的药料,弄得易于下咽,使能在较自然,较暗默之中,达到宣传的目的。但虽然是十分小心的假面,而其究竟目的之所在,则同是将遮眼的东西给与大众,使不明帝国主义底战争的本质,以及赞美亚美利加军队的英雄主义,有时还宣传军队生活的放恣和有趣罢了。(我深惜在这里没有揭出这种战争影片的完全的目录,以那代表底的几个例子,来使我的叙述更加具体起来的纸面和时间了。但我相信将来会有补正的机会的。)

就战争和电影所历叙的这些事实,那自然,也决不是惟亚美利加所独有的特别现象。倒是在别的一切帝国主义强国里,都在争先兴办的。德国将《大战巡洋舰》(Emden)《世界大战》(Weltkrieg)等呈在我们的眼前，法国是制作了《凡尔登——历史的幻想》（Verdun——Vision d'histoire）《蔼克巴什》（L'Equipage）等，英国则以《黎明》（Dawn），日本则以《炮烟弹雨》，《地球在回旋》和《蔚山洋西的海战》等，竭力用心于"军事思想"的普及。

当叙述完战争电影之际，而没有提及作为几个例外底现象的反对战争的倾向，怕是不妥当的罢。

我们在《战地之花》里，在几个段落里，虽然是太感伤底的，然而总算也看见了描写着诅咒战争的心情。那心理，在《战地鹃声》（What Price Glory）中，就更为积极底地表白着。但在这些影片上，对于战争的确然的批评和态度，并无一定。只有着和卓别林（Charlie Chaplin）曾在《从军梦》（Shoulder Arms）里，将战争化为谑画了那样的同一程度的认识。

和这比较起来，技术上非常卓拔的战争影片《帝国旅馆》（Hotel Imperial）的导演者 Erich Pommer 所作的《铁条网》（Barbed Wire），倘临末没有那高唱人类爱的可笑的夸张，则和猛烈地讽刺了帝国主义战争的名喜剧《阵后谐兵》（Behind the Front）一同，大概是可以属于反战争电影的范畴的了。

四　电影与爱国主义

爱国底宣传电影，也是世界大战后的显著的现象。为什么呢？因为这种电影，虽有外形上的差违，但终极之点，是在向帝国主义战争的意识的准备，鼓舞，在那君权主义上，在那好战性上，和战争影片是本质底地相关联的。

那么，那目的是在那里呢？

直接地，是宣传团体观念，国旗之尊严，间接地，是奖励暴力，使民心倾向右翼政党，当和外国争夺资本市场之际，即刻有军事行动的事，成为妥当化。

这种影片的最活泼的影响，大抵见于选举国会议员，选举大总统的时期，如德国的国权党，尤其是能够仗了爱国主义的电影，博得许多的投票。

例如叫作《腓立大王》（Fridericus Rex，这在日本，是大加短缩，改题为《莱因悲怆曲》了）的普鲁士勃兴的历史影片，是其中的最获成功的。那正是大战后的张皇的时代，且正值跟着德国革命的失败而来的反动的火头上，这是有产阶级的巧妙的宣传。穷极，饿透了的小市民们，在这影片中，看见精锐的腓立大王的禁军的行进，看见七年战争的冠冕堂皇的胜利，于是想起了往日的皇帝的治世，便在无智的廉价的感激中，鼓掌蹈足，吹起口笛来了。

接着这个，而国民底英雄俾士麦的传记，化成电影了，兴登堡的传记，化成电影了。

《俾士麦》（Bismarck）者，单为了那制作，就设起俾士麦电影公司来，照成了两部二十余卷的巨制，凡在这帝国主义底政治家一生中的一切爱国底，煽情底的要素，都一无遗漏地填进在那里面。①

---

① 《俾士麦》影片公演时所散布的纲要书上，载着这样的说明——

"我们的影片的祖国底的目的（der vaterlaendische Zweck），也规定了那内面的结构和事件的时间底限制。所以俾士麦的少年时代，仅占了极简略的开端。（中略。）而且这故事，是应该以一八七一年的德意志建国收场的。为什么呢？就因为跟着发生的国内的纷争，以及他的退隐，是惹起阴沉的回忆，不使观者结合，却使之乖离，有违于这电影全体的祖国底的目的的缘故。这影片的主要部分，是将从一八四七年，俾士麦入了政治底生活的时候起，至一八七一年止，作为一个完成了的戏曲的。（下略。）"

《兴登堡》（Hindenburg）者，是乘这老将军当选为大统领——这叨光于影片《腓立大王》和《俾士麦》之处是多么的大呵。——之机，为了他的收罗人心而作的。

一九二七年春，德意志国权党领袖之一，奥古斯德·霞尔书店的事实上的所有者福干培克，乘德国大公司之一乌发公司的财政危机，买进了那股票的过半，坐了乌发公司总经理的交椅了。于是德国的电影事业和那影响力，便全捏在国权党的手里。福干培克立刻在乌发公司的出品计划上，露骨地显示了他的政治底主张。那最是世界底的例子，是《世界大战》（Weltkrieg）的二部作。

对于这，社会民主党的内阁便即刻取了牵制底手段。就是，使德意志银行来对抗福干培克，投资于乌发公司。为了使德国的独占底大电影公司不成为国权党的宣传机关，这是不得已的方法。

《世界大战》[①]已有删节的片子，绍介于日本（译者按：在上海，去年也大演了一通），那是有着怎样的倾向和主张的事，大约现在早可以无须详说了罢。

在表面上所标榜的，《世界大战》是将一九一四年至一九一七年的战争中所摄的各国（大抵是德法）的照片，凭了纯粹的历史底客观而编辑的留在软片上的记录。

而且这比起专一描写本国军队的胜利的，勇敢的，爱国的亚美利加式电影来，也真好像近于写实。然而注意较深的观察者，却即

---

① 当《世界大战》开演之际，关于这影片，有一个将军述其所感，登在报上道——"战争是完全可怖的，但我们是认战争，因为在战争中，再没有较之辱没自己的职务，尤为可怖的运命了。我们的青年们，对于战争的恐怖，应该以平静的镇定和确固的意志而进行。所以这影片的凄惨的场面，决不是可以厌恶的东西，却对于这影片给了意义，增了价值。"

刻可以看见。从丹南培克之战起，常只将兴登堡将军的胜利，重复地映出了好几回。而且和写着"在战时屡救祖国的将军，当平和时，也作为大统领而尽力于祖国"等语的字幕一同，这电影也就完结了。[①]

五　电影和宗教

通一切时代，宗教一向在供支配阶级的御用，是已经证明了许多次数的。

这在东洋，则教人以佛教底的忍从和蔑视现世，在西方，则成为基督教底平和主义，想阻止现存的阶级社会的积极底改革。

到二十世纪，宗教虽然已经失却了昔日的权威和信仰，但倒是因为失却，所以对于那支配阶级的奴仆状态，也就愈加露骨，故意起来了。

在物质文明发达较迟的国度中，宗教还有着大大的宣传煽动力。资本主义于是将宗教和电影相结合，能够同时利用了。

例如《十诫》(The Ten Commandments)，《基督教徒》(Christian)，

---

① 作为属于这范畴的影片，可以列举出《路易飞迭南公子》(Prinz Louis Ferdinand)，《乌第九号》(U. 9.)，《猫桥》(Katzensteg)，《律查的猛袭》(Luelzows Wilde Verwegene Jagd)，《希勒的军官们》(Schillsche Offiziere)，《大战巡洋舰》(Emden)，《我们的安章》(Unser Emden)及其他的德国影片；《拿破仑》(Napoléon)，《贞德》(Jeanne d'Arc)——但并非输入日本的 Karl Dreier 的作品——等法国影片；《珂罗内勒和孚克兰岛的海战》(The Battlesof Coronel and Falkland Islands)等英国影片来。

至于亚美利加，则连在《彼得班》(Peter Pan)，《红皮》(Red Skin)之类的童话和乐剧中，也发见了训导 Stars and Stripes(译者按：星星和条纹＝花旗)之尊严的机会了。

《宾汉》(Ben Hur),《万王之王》(King of Kings),《犹太之王，拿撒勒的耶稣》(I.N.R.I.) 之类的基督教宣传电影,《亚细亚之光》(Die Leuchte Asiens),《大圣日莲》之类的佛教电影, 是和感激之泪一同, 从全世界的愚夫愚妇, 善男信女的衣袋里, 赚得确实的布施, 从商业底方面看起来, 也是利益最多的影片。一切宗派中, 罗马加特力教会是最留意于电影的利用的, 每年开一回电影会议, 议定着那一年中全世界底宣传的计划。

在我们的周围, 宗教之力早已几乎视若无物了。至多, 也不过本愿寺, 日莲宗之流, 组织了巡行电影团, 竭力想维系些乡下农民的信仰。然而因此便推定宗教的世界底无力, 是不可以的。只要看在苏维埃的文化革命的历程中, 还不能放掉对于宗教的斗争, 而在实行的事实, 大概就可以明白其间情势了。①

六　电影和有产阶级

为资本主义底生产方法和有产者政府的监视所拘束的现今电影的一切, 几乎都被用于拥护有产阶级的事, 我相信是已经很明显了的。

但在这里, 却将电影和有产阶级的关系, 限于较狭的意义, 只来论及直接服役于市民有产阶级的光荣和支配的电影这一种。

这种电影, 可以分成三样概括底区别。

---

① 在最近的苏维埃影片《活尸》(Der lebende Leichnam) 中, 我们也能够看见将对于宗教的斗争, 采为分明的纲要。

那第一种，是和封建底，乃至贵族底社会相对抗，而尽讴歌有产阶级之胜利的任务的。因此那全部，几乎都是取材于市民底社会的勃兴的历史影片。××，或者 ×× 的野兽底横暴，在其下尝着涂炭之苦的农民，工商阶级。到影片的第七卷，而有产阶级终于蜂起，将电影底的极顶（Climax）和壮大的群集（mob scene），在这里大行展开，这是那典型底的结构。但在大多数的影片上，有产阶级是决不作为一个阶级底总体而蹶起的，大抵由一个（往往是贵族出身，年青，而又眉目秀丽的！）英雄所指导，力点就放在那个人底的英雄主义上。作为那最是性格底的作品，读者只要记起《罗宾汉》（Robin Hood），《斯凯拉谟修》（Scaramouche），《定情之夕》（A Night of Love）来，大约就足够了。在日本的时代剧，尤其是剑剧影片之中，我们也有那不少的例子。

但是，我们又能够在那历史底时代，发见新兴有产阶级所演的革命的脚色，和现在的无产阶级的斗争，其间有很大的类似（Analogie）。倘作者将意识底的强音（Akzent）集中于此的时候，是可以产生优秀的作品的。如《熊的结婚》，《农奴之翼》，《斯各丁城》，《忠次旅行日记》等，便是那仅少的代表。

第二种，是反对无产阶级革命的电影。

《党人魂》（Volga Boatman）是当内务省检阅之际，惹起了大问题，终于遭了警视厅来制限其开映的忧患的影片，但那内容是什么呢？

《大暴动》（Tempest；译者按：在上海映演时，名《狂风暴雨》）也靠了长有数卷的小插画，这才好容易得以许可开演的影片，然而那所选的是怎样的主题呢？

这些影片，是只在用俄国的无产阶级革命为背景这一点上，因而遭了禁止，或重大的删剪的。但要之，那所描写，是将无产阶级革命当作了无统制的暴民的一揆。无教育而不道德的农民和劳动者，倚恃着多数，攻入贵族的城堡去，破坏家具，×× 美丽的少女，酗酒，单喜欢流血。那是在无产阶级的胜利上，特地蒙上暴虐的假面，涂些污泥，使小市民变成反革命起见而作的有产阶级的 ××。我们于此，看见了如拥护有产者社会而设的宣传电影，却被 ××××××× 的 ×× 所禁止的那种奇怪而且愉快的现象了。

固然，在《约翰南伊之爱》（Liebe der Jeanne Ney）和《最后的命令》（The Last Command）上，剪去了十月革命，那却是检阅者十分做了他所该做的事的。

最后，就来了以《大都会》（Metropolis；译者按：在上海映演时，名《科学世界》）为典型的劳资调和电影的一连串。

关于《大都会》，现在已经无须在这里缕述了。那是揭着"头和手之间，非有心脏不可"这标语的社会民主主义者，宣讲着资本家和劳动者可以不由战争，但靠相互底的协力与爱，即能建设新社会云云的巴培尔塔以前的童话。①

---

① 论难攻击了《Metropolis》而显了英雄的英国的改良主义底时行作家威尔士（H. G. Wells），在那近著《The King Who Was a King——The Book of a Film》上，关于战争的绝灭，大要着使日内瓦的政治家们也要脸红那样反动底 Demagogie（笼络群众手段），那是滑稽之至的。

七 电影与小市民

有产阶级的电影底宣传，一到阶级间的对立逐渐鲜明地，决定底地尖锐起来，也就陷在无可避免的绝地里了。

在实际上，电影是以大多数的小市民和无产阶级为看客的。而他们，小市民和无产阶级，早已渐渐地觉察出有产阶级的诡计来了。就是，已经注意于"支配阶级制作了宣布那服从于己的观念形态的影片，而以此来做掠取无产者的衣袋的手段"这事实的真相了。

卢那卡尔斯基关于苏维埃电影，曾经说明过"拙劣的煽动，却招致反对的结果"这原则，在这里，却被有产者底地应用了。

露骨的宣传是停止了。最所希望的，是使电影的看客看不见"阶级"这观念。至少，是坐在银幕之前的数小时中，使他们忘却了一切社会底对立。

这样子，就产生了小市民的影片。①

----

① 关于小市民影片的发生，在一九二七年一月所作的拙稿《电影美学以前》里，虽然很简约，却已曾略述过了的。以下数行，请许其拔萃，以便读者的理解。

"（前略）登场人物，是在高大的宫殿里占着王座的富豪。富豪，是良善的。富豪的女儿，是美的。小市民出身的年青的男子，溜出阶级斗争的背后，要高升到富豪的家族里面去。他就简单地只靠了恋爱，走上了一段阶级的梯子。为了他和富豪的女儿，常设馆的可怜的乐队，就奏起结婚进行曲来。

"富豪由此得到恭维。小市民为这飞腾故事所激励，觉得要誓必尽忠于有产阶级。

"但人们，大部分是无产者的人们，这样却还不满足。

"没有破绽的商人，于是来设法。他们便想一切都避开'阶级'这一个观念。

"于是家庭剧发生了。那对于阶级的对立，是彻头彻尾，要掩住看客的眼睛，连两个不同的阶级的存在，也避开不写。将一切问题和倾向，都置之不顾，但竭力将'谨慎的'小市民的生活，仅在他们的生活圈内，描写出来。那'大抵是关于恋爱的柔滑的故事'，或则以母性爱为主题，其中虽一个无产者，一个资本家，也不准登场。只有小市民阶级作为惟一的阶级，在独裁着。（后略）"

在小市民底家庭剧中，有两种特征底的倾向——

一，是那罗曼主义。

二，是那弄玄妙（Sophistication）。

粗粗一看，则现在的电影，尤其是电影剧，乃是写实主义底的。而且许多人们，都抱着这样的幻想。但其实，除了极少数的第一流作品以外，一切全没有什么现实底的申诉的。

自然，虽说是罗曼主义，但和给十九世纪时有产阶级革命的艺术以特征的那生着火焰之翼的罗曼主义，是不一样的。这是为了平庸，近视，乐天底的小市民们而设的，也是平庸，近视，乐天底的罗曼主义。这于迭克萨的农民，芝加各的公司人员，亚理梭那的牧童，纽借那的送牛奶人，纽约的速记生，毕兹巴格的野球选手，东京的中学生，横滨的水手，无不相宜。说起来，就是 Ready-made（现成）的罗曼主义。作为那象征底的形相，则有珂林·谟亚（Collin Moore），瑙玛·希拉（Norma Shearer），克莱拉·宝（Clara Bow），从一九二六年起，顺次登场来了。就是那样程度的罗曼主义。

每星期薪水（美金）二十五元的大学生出身的公司职员和美尔顿百货公司的娇娃的恋爱故事。珂尼·爱兰特。新福特式的跑车。爵兹乐舞。游猎。

至于这花旗罗曼主义上所必要的此外的布置和氛围气，则读者倘一看《Vanity Fair》的广告栏，更所希望的，是往就近的电影馆，一赏鉴任何的亚美利加影片，大约便能自己领悟的罢。

读者必须明白，这小市民底的罗曼主义，是和亚美利加资本主义还在走着上行线的这一个公式底认识，有不可分的关联的。这事实，在一方面，是每年将九十亿元的国帑，撒在有产阶级的怀中，而使发生了叫作所谓"Four Hundreds"的有闲阶级，利子生活者的大群。[1]

而且有闲阶级，利子生活者的大群，则使他本身的消费底文化，娱乐机关，极端地发达起来了。而从那消费底文化的母胎中，就酸酵了为一切文化烂熟期之特色的一种像煞有介事，通人趣味，低徊趣味，讽刺，冷嘲等。这过度地洗炼了的生活感情，他们称之为Sophistication。卖弄巴黎式的Chic，以及花旗式地解释了的hard-boiled之类的话，都和这相关联，而为人们所欢喜。

卓别林在《巴黎一妇人》（A Woman of Paris）里，居然表现了那Sophistication的模范（Prototype）。刘别谦（Ernst Lubitsch）在《婚姻范围》（Marriage Circle）里，表现于一套片子上面了。蒙太·培尔，玛尔·辛克莱儿，泰巴第·达赖尔等许多后继者们，都发挥了电影界的玄妙家腔调。

但是，亚美利加虽在那一切的资本主义底兴隆，但本身之中，却已经包藏着到底消除不尽的内底矛盾，而在苦闷。消费不能相副的一面底生产，失了投资市场的大金融资本，荷佛政府的积极底外交，拥抱着五百万失业者的天国亚美利加，现在是正踏在不可掩饰的阶级底对立的顶上了。

这社会情势，将怎样地反映在亚美利加影片之中呢，那是很有兴味的将来的问题。

---

[1] 据一九二四年的调查，则在亚美利加，每年收入在一万元以上的人，总数达二十六万。但这还是除掉了利息，花红之类的企业利得，只是直接个人底收入的计算，所以事实上的数字，大约还要见得若干成的增加的罢。

译者附记

这一篇文章的题目，原是《作为宣传，煽动手段的电影》。所谓"宣传，煽动"者，本是指支配阶级那一面而言，和"造反"并无关系。但这些字面，现在有许多人都不大喜欢，尤其是在支配阶级那方面。那原因，只要看本文第七章《电影与小市民》的前几段，就明白了。

本文又原是《电影和资本主义》中的一部分，但全书尚未完成，这是据发表在《新兴艺术》第一，第二号上的初稿译出来的。作者在篇末有几句声明，现在也译在下面：

"我的，《电影和资本主义》，原要接着本稿，更以社会底逃避的电影，无产阶级方面所作的宣传电影等，作为顺次的问题，臻于完成的。但现在，则仅以对于有产阶级电影的如上的研究，暂且搁笔。

"又，本稿不过是对于每一项目，各能写出独立的研究那样的浩瀚的材料，给了极概括底的一瞥，在这一端，是全篇过于常识底了。请许我声明我自己颇以为憾的事。"

但我偶然读到了这一篇，却觉得于自己很有裨益。上海的日报上，电影的广告每天大概总有两大张，纷纷然竞夸其演员几万人，费用几百万，"非常的风情，浪漫，香艳（或哀艳），肉感，滑稽，恋爱，热情，冒险，勇壮，武侠，神怪……空前巨片"，真令人觉得倘不前去一看，怕要死不瞑目似的。现在用这小镜子一照，就知道这些宝贝，十之九都可以归纳在文中所举的某一类，用意如何，目的何在，都明明白白了。但那些影片，本非以中国人为对象而作，所以运入中国的目的，也就和制作时候的用意不同，只如将陈旧枪炮，卖给武人一样，多吸收一些金钱而已。而中国人对于这些的见解，当然也和他们的本国人两样，只看广告中借以吸引看客的句子，便分明可知，于各类影片，大抵都只见其"非常风情，浪漫，香艳（或哀艳），肉感……"了。然而，冥冥中也还有功效在，看见他们"勇壮武侠"的战事巨片，不意中也会觉得主人如此英武，自己只好做奴才；看见他们"非常风情浪漫"的爱情巨片，便觉得太太如此"肉感"，真没有法子办——自惭形秽，虽然嫖白俄妓女以自慰，现在是还可以做到的。非洲土人顶喜欢白人的洋枪，美洲黑人常要强奸白人的妇女，虽遭火刑，也不能吓绝，就因为看了他们的实际上的"巨片"的缘故。然而文野不同，中国人是古文明国人，大约只是心折而不至于实做的了。

因为自己看过之后，大略发生了如上的感想，因此也想介绍给一部分的读者，费去许多工夫，译出来了。原文本是很简短的，只因为我于电影一道是门外汉，虽是平常的术语，也须查考，这就比别人烦难得多，即如有几个题目，便是从去年的旧报上翻出来的，查不到的，则只好"硬译"，而且误译之处，也恐怕决不能免。但就大体而言，我相信于读者总可以有一些贡献。

去年，美国的"武侠明星"范朋克（Douglas Fairbanks）因为美金积得太多，到东洋来游历了。上海有几个团体便豫备欢迎。中国本来有"捧戏子"的脾气，加以唐宋以来，偷生的小市民就已崇拜替自己打不平的"剑侠"，于是《七侠五义》，《七剑十八侠》，《荒山怪侠》，《荒林女侠》，……层出不穷；看了电影，就佩服洋《七侠五义》即《三剑客》之类。古洋侠客往矣，只好佩服扮洋侠客的洋戏子，算是"过屠门而大嚼,虽不得肉,亦且快意",正如捧梅兰芳者,和他所扮的天女,黛玉等辈,决不能说无关一样,原是不足怪的。但有些人们反对了,说他在演《月宫宝盒》(The Thief of Bagdad)时摔死蒙古太子,辱没了中国。其实呢,《月宫宝盒》中的英雄,以一偷儿连爬了两段阶级的梯子,终于做了驸马,正是译文第七章细注里所说,要使小市民或无产者"为这飞腾故事所激励,觉得要誓必尽忠于有产阶级"的玩艺,决不是意在辱没中国的东西。况且故事出于《一千一夜》,范朋克并非作家,也不是导演,我们又不是蒙古太子的子孙或奴才,正不必对于他,为美金而演剧的个人,如此之忿忿。但既然无端忿忿了,这也是中国常有的惯例,不足怪的,——在见惯者。后来范朋克到了,终于有团体要欢迎,然而大碰钉子,"范氏代表谓范氏绝对不允赴公共宴会",竟不能得到瞻仰洋侠客的光荣。待到范朋克"到日本后,一切游程,均由日人代为规定,且到东京后,将赴影戏院,与日本民众相见"(见十八年十二月十九日《申报》),我们这里的蒙古王孙乃更不胜其没落之感,上海电影公会有一封宛转抑扬的信,寄给这"大艺术家"。全文是极有可供研究的处所的,但这里限于纸面,只好摘录了一点——

"曾忆《月宫宝盒》剧中,有一蒙古太子,其表演状态,至为恶劣,足使观者之未知东方历史,未悉东方民族性质者,发生不良之印象,而能成为人类相爱进程上绝大之阻碍。因东方中华民国人民之状态,并不如其所表演之恶劣也。敝会同人,深知电影艺术之能力,转辗为全世界一切民情风俗智识学问之介绍,换言之,亦能引导全世界人彼此之相爱,及世界人类彼此之相憎。敝会同人以爱先生故,以先生为大艺术家故,愿先生为向善

之努力，不愿先生如他人之对世界为不真实之介绍，而为盛誉之
累也。"

文中说电影对于看客的力量的伟大，是很不错的，但以为蒙古太
子就是"中华民国人民"，却与反对欢迎者流，同一错误。尤其错误
的是要劝范朋克去引"全世界人彼此之相爱"，忘却了他是花旗国里
发了财的电影员。因此一念之差，所以竟弄到低声下气，托他去绍介
真实的"四千余年历史文化所训练的精神"于世界了——

"敝会同人更敢以经过四千余年历史文化训练之精神，大声
以告先生。我中华人民之尊重美德，深用礼仪，初不异于贵国之
人民。更以贵国政府常能于世界国际间主持公道，故为我中华人
民所敬爱。先生于此次东游小住中，想已见到真实之证据。今日
我中华政治之状态，方在革命完成应经历之过程中，有国内之战
争，有不安静之纷扰，然中华人民对于外来宾客如先生者，仍能
不忘应有之礼节，表示爱人之风度。此种情形，先生当能于耳目
交接之间，为真实之明了。虽间有表示不同之言论者，然此种言
论，皆为先生代表以及代表引为己助参加发言者不合礼节隔离人
情之宣言及表示所造成。……
"希望先生于东游之后，以所得真实之情状，介绍于贵国之
同业，进而介绍于世界，使世界之人类与中华所有四万万余之人
民为相爱之亲近，勿为相憎之背驰，以形成世界不良之情状，使
我中华人民之敬爱先生，一如敬爱美国之政府。"

但所说明的精神，一言以蔽之，是咱们蒙古王孙即使国内如何战

争，纷扰，而对于洋大人是极其有礼的，就是这一点。

这正是被压服的古国人民的精神，尤其是在租界上。因为被压服了，所以自视无力，只好托人向世界去宣传，而不免有些谄；但又因为自以为是"经过四千余年历史文化训练"的，还可以托人向世界去宣传，所以仍然有些骄。骄和谄相纠结的，是没落的古国人民的精神的特色。

欧美帝国主义者既然用了废枪，使中国战争，纷扰，又用了旧影片使中国人惊异，胡涂。更旧之后，便又运入内地，以扩大其令人胡涂的教化。我想，如《电影和资本主义》那样的书，现在是万不可少了！

一九三〇，一，十六，L。

题注：

本篇是鲁迅翻译日本电影评论家岩崎·昶论文的译文和《译者附记》，最初发表于《萌芽月刊》第一卷第三期（1930 年 3 月），署名 L。收入《二心集》。鲁迅的《译者附记》，说明了翻译此文的目的。文中的《三剑客》，指根据法国作家大仲马的长篇小说《三个火枪手》改编的美国电影。

《新俄画选》小引

　　大约三十年前，丹麦批评家乔治·勃兰兑斯（Georg Brandes）游帝制俄国，作《印象记》，惊为"黑土"。果然，他的观察证实了。从这"黑土"中，陆续长育了文化的奇花和乔木，使西欧人士震惊，首先为文学和音乐，稍后是舞蹈，还有绘画。

　　但在十九世纪末，俄国的绘画是还在西欧美术的影响之下的，一味追随，很少独创，然而握美术界的霸权，是为学院派（Academismus）。至九十年代，"移动展览会派"出现了，对于学院派的古典主义，力加掊击，斥摹仿，崇独立，终至收美术于自己的掌中，以鼓吹其见解和理想。然而排外则易倾于慕古，慕古必不免于退婴，所以后来，艺术遂见衰落，而祖述法国色彩画家绥珊的一派（Cezannist）兴。同时，西南欧的立体派和未来派，也传入而且盛行于俄国。

　　十月革命时，是左派（立体派及未来派）全盛的时代，因为在破坏旧制——革命这一点上，和社会革命者是相同的，但问所向的目的，这两派却并无答案。尤其致命的是虽属新奇，而为民众所不解，所以当破坏之后，渐入建设，要求有益于劳农大众的平民易解的美术时，这两派就不得不被排斥了。其时所需要的是写实一流，于是右派遂起而占了暂时的胜利。但保守之徒，新力是究竟没有的，所以不多久，就又以自己的作品证明了自己的破灭。

这时候，是对于美术和社会底建设相结合的要求，左右两派，同归失败，但左翼中实已先就起了分崩，离合之后，别生一派曰"产业派"，以产业主义和机械文明之名，否定纯粹美术，制作目的，专在工艺上的功利。更经和别派的斗争，反对者的离去，终成了以泰忒林（Tatlin）和罗直兼珂（Rodschenko）为中心的"构成派"（Konstructivismus）。他们的主张不在 Komposition 而在 Konstruktion，不在描写而在组织，不在创造而在建设。罗直兼珂说，"美术家的任务，非色和形的抽象底认识，而在解决具体底事物的构成上的任何的课题。"这就是说，构成主义上并无永久不变的法则，依着其时的环境而将各个新课题，从新加以解决，便是它的本领。既是现代人，便当以现代的产业底事业为光荣，所以产业上的创造，便是近代天才者的表现。汽船，铁桥，工厂，飞机，各有其美，既严肃，亦堂皇。于是构成派画家遂往往不描物形，但作几何学底图案，比立体派更进一层了。如本集所收 Krinsky 的三幅中的前两幅，便可作显明的标准。

Gastev 是主张善用时间，别树一帜的，本集只收了一幅。

又因为革命所需要，有宣传，教化，装饰和普及，所以在这时代，版画——木刻，石版，插画，装画，蚀铜版——就非常发达了。左翼作家之不甘离开纯粹美术者，颇遁入版画中，如玛修丁（有《十二个》中的插画四幅，在《未名丛刊》中），央南珂夫（本集有他所作的《小说家萨弥亚丁像》）是。构成派作家更因和产业结合的目的，大行活动，如罗直兼珂和力锡兹基所装饰的现代诗人的诗集，也有典型的艺术底版画之称，但我没有见过一种。

本版作家，以法孚尔斯基（本集有《墨斯科》）为第一，古泼略诺夫（本集有《熨衣的妇女》），保里诺夫（本集有《培林斯基像》），玛修丁，是都受他的影响的。克鲁格里珂跋女士本是蚀铜版画（Etching）名家，这里所收的两幅是影画，《奔流》曾经绍介的一幅（《梭罗古勃像》），是雕镂画，都非她的擅长之作。

新俄的美术，虽然现在已给世界上以甚大的影响，但在中国，记述却还很聊聊。这区区十二页，又真是实不符名，毫不能尽绍介的重任，所取的又多是版画，大幅杰构，反成遗珠，这是我们所十分抱憾的。

但是，多取版画，也另有一些原因：中国制版之术，至今未精，与其变相，不如且缓，一也；当革命时，版画之用最广，虽极匆忙，顷刻能办，二也。《艺苑朝华》在初创时，即已注意此点，所以自一集至四集，悉取黑白线图，但竟为艺苑所弃，甚难继续，今复送第五集出世，恐怕已是晌午之际了，但仍愿若干读者们，由此还能够得到多少裨益。

本文中的叙述及五幅图，是摘自昇曙梦的《新俄美术大观》的，其余八幅，则从 R.Fueloep–Miller 的《The Mind and Face of Bolshevism》所载者复制，合并声明于此。

　　　　　　　　　　　　　一九三〇年二月二十五夜，鲁迅。

题注：

本篇最初收入上海光华书局 1930 年 5 月出版的《新俄画选》。初未收集。《新俄画选》是朝花社编印的《艺苑朝华》第一期第五辑，内收苏联绘画和木刻 12 幅。鲁迅在 1929 年 4 月发表的《〈艺苑朝华〉广告》中曾说明画集《艺苑朝华》的编选计划，是选编中外优秀艺术品。《新俄画选》正是实施这一计划的产物。鲁迅 1930 年 2 月 21 日曾应邀前往中华艺术大学演讲，讲题即为《绘画杂论》，曾谈及新俄罗斯绘画。本文是编选完《新俄画选》后作的序言。

《浮士德与城》后记

这一篇剧本，是从英国 L.A.Magnus 和 K.Walter 所译的《Three Plays of A.V.Lunacharski》中译出的。原书前面，有译者们合撰的导言，与本书所载尾濑敬止的小传，互有详略之处，著眼之点，也颇不同。现在摘录一部分在这里，以供读者的参考——

"Anatoli Vasilievich Lunacharski"以一八七六年生于 Poltava 省，他的父亲是一个地主，Lunacharski 族本是半贵族的大地主系统，曾经出过很多的智识者。他在 Kiew 受中学教育，然后到 Zurich 大学去。在那里和许多俄国侨民以及 Avenarius 和 Axelrod 相遇，决定了未来的状态。从这时候起，他的光阴多费于瑞士，法兰西，意大利，有时则在俄罗斯。

他原先便是一个布尔塞维克，那就是说，他是属于俄罗斯社会民主党的马克斯派的。这派在第二次及第三次会议占了多数，布尔塞维克这字遂变为政治上的名词，与原来的简单字义不同了。他是第一种马克斯派报章 Krylia（翼）的撰述人；是一个属于特别一团的布尔塞维克，这团在本世纪初，建设了马克斯派的杂志 Vperëd（前进），并且为此奔走，他同事中有 Pokrovski，Bogdánov 及 Gorki 等，设讲演及学校课程，一般地说，是从事于革命的宣传工作的。他是莫斯科社会民主党结社的社员，被流放到 Vologda，又由此逃往意大利。在瑞士，他是 Iskra（火花）的一向的编辑，直到一九〇六年被门维克所封禁。一九一七年革命后，他终于回了俄罗斯。

这一点事实即以表明 Lunacharski 的灵感的创生，他极通晓法兰西和意大利；他爱博学的中世纪底本乡；许多他的梦想便安放在中世纪上。同时他的观点是绝对属于革命底俄国的。在思想中的极端现代主义也一样显著地不同，连系着半中世纪的城市，构成了"现代"莫斯科的影子。中世纪主义与乌托邦在十九世纪后的媒介物上相遇——极像在《无何有乡的消息》里——中世纪的郡自治战争便在苏维埃俄罗斯名词里出现了。

社会改进的浓厚的信仰，使 Lunacharski 的作品著色，又在或一程度上，使他和他的伟大的革命底同时代人不同。Blok，是无匹的，可爱的抒情诗人，对于一个佳人，就是俄罗斯或新信条，怀着 Sidney 式的热诚，有一切美，然而纤弱，恰如 Shelley 和他的伟大；Esènin，对于不大分明的理想，更粗鲁而热情地叫喊，这理想，在俄国的人们，是能够看见，并且觉得其存在和有生活的力量的；Demian Bedny 是通俗的讽刺家；或者别一派，大家知道的 LEF（艺术的左翼战线），这法兰西的 Esprit Noveau（新精神），在作新颖的大胆的诗，这诗学的未来派和立体派；凡这些，由或一意义说，是较纯粹的诗人，不甚切于实际的。Lunacharski 常常梦想建设，将人类建设得更好，虽然往往还是"复故"（relapsing）。所以从或一意义说，他的艺术是平凡的，不及同时代人的高翔之超迈，因为他要建设，并不浮进经验主义者里面去；至于 Blok 和 Bely，是经验主义者一流，高超，而无所信仰的。

Lunacharski 的文学底发展大约可从一九〇〇年算起。他最先的印本是哲学底讲谈。他是著作极多的作家。他的三十六种书,可成十五巨册。早先的一本为《研求》,是从马克斯主义者的观点出发的关于哲学的随笔集。讲到艺术和诗,包括 Maeterlinck 和 Korolenko 的评赞,在这些著作里,已经预示出他那极成熟的诗学来。《实证美学的基础》《革命底侧影》和《文学底侧影》都可归于这一类。在这一群的短文中,包含对于智识阶级的攻击;争论,偶然也有别样的文字,如《资本主义下的文化》《假面中的理想》《科学、艺术及宗教》《宗教》《宗教史导言》等。他往往对于宗教感到兴趣,置身于俄国现在的反宗教运动中。……

Lunacharski 又是音乐和戏剧的大威权,在他的戏剧里,尤其是在诗剧,人感到里面鸣着未曾写出的伤痕。……

十二岁时候,他就写了《诱惑》,是一种未曾成熟的作品,讲一青年修道士有更大的理想,非教堂所能满足,魔鬼诱以情欲(Lust),但那修道士和情欲去结婚时,则讲说社会主义。第二种剧本为《王的理发师》,是一篇淫猥的专制主义的挫败的故事,在监狱里写下来的。其次为《浮士德与城》,是俄国革命程序的预想,终在一九一六年改定,初稿则成于一九〇八年。后作喜剧,总名《三个旅行者和它》。《麦奇》是一九一八年作(它的精华存在一九〇五年所写的论文《实证主义与艺术》中),一九一九年就出了《贤人华西理》及《伊凡在天堂》。于是他试写历史剧《Oliver Cromwell》和《Thomas Campanella》;然后又回到喜剧去,一九二一年成《宰相和铜匠》及《被解放的堂·吉诃德》。后一种是一九一六年开手的。《熊的婚仪》则出现于一九二二年。(开时摘译。)

就在这同一的英译本上,有作者的小序,更详细地说明着他之所以写这本《浮士德与城》的缘故和时期——

"无论那一个读者倘他知道 Goethe 的伟大的'Faust',就不会不知道我的《浮士德与城》,是被'Faust'的第二部的场面所启发出来的。在那里 Goethe 的英雄寻到了一座'自由的城'。这天才的产儿和它的创造者之间的相互关系,那问题的解决,在戏剧的形式上,一方面,是一个天才和他那种开明专制的倾向,别一方面,则是德莫克拉西的——这观念影响了我而引起我的工作。在一九〇六年,我结构了这题材。一九〇八年,在 Abruzzi Introdacque 地方的宜人的乡村中,费一个月光阴,我将剧本写完了。我搁置了很长久。至一九一六年,在特别幽美的环境中,Geneva 湖的 St. Leger 这乡村里,我又作一次最后的修改;那重要的修改即在竭力的剪裁(Cut)。"(柔石摘译)

这剧本,英译者以为是"俄国革命程序的预想",是的确的。但也是作者的世界革命的程序的预想。浮士德死后,戏剧也收场了。然而在《实证美学的基础》里,我们可以发见作者所预期于此后的一部分的情形——

"……新的阶级或种族,大抵是发达于对于以前的支配者的反抗之中的。而且憎恶他们的文化,是成了习惯。所以文化发达的事实底的步调,大概断断续续。在种种处所,在种种时代,人类开手建设起来。而一达到可能的程度,便倾于衰颓。这并非因为遇到了客观的不可能,乃是主观底的可能性受了害。

"然而,最为后来的世代,却和精神的发达,即丰富的联想,评价原理的设定，历史底意义及感情的生长一同，愈加学着客观底地来享乐一切的艺术的。于是吸雅片者的呓语似的华丽而奇怪的印度人的伽蓝，压人地沉重地施了烦腻的色彩的埃及人的庙宇，希腊人的雅致，戈谛克的法悦，文艺复兴期的暴风雨似的享乐性，在他，都成为能理解，有价值的东西。为什么呢，因为是新的人类的这完人，于人类底的东西，什么都是无所关心的。将或种联想压倒，将别的联想加强，完人在自己的心理的深处，唤起印度人和埃及人的情绪来。能够并无信仰，而感动于孩子们的祷告，并不渴血，而欣然移情于亚契莱斯的破坏底的愤怒，能够沉潜于浮士德的无底的深的思想中，而以微笑凝眺着欢娱底的笑剧和滑稽的喜歌剧。"（鲁迅译《艺术论》，一六五至一六六页）

因为新的阶级及其文化，并非突然从天而降，大抵是发达于对于旧支配者及其文化的反抗中，亦即发达于和旧者的对立中，所以新文化仍然有所承传，于旧文化也仍然有所择取。这可说明卢那卡尔斯基当革命之初，仍要保存农民固有的美术；怕军人的泥靴踏烂了皇宫的地毯；在这里也使开辟新城而倾于专制的——但后来是悔悟了的——天才浮士德死于新人们的歌颂中的原因。这在英译者们的眼里，我想就被看成叫作"复故"的东西了。

所以他之主张择存文化底遗产，是因为"我们继承着人的过去，也爱人类的未来"的缘故；他之以为创业的雄主，胜于世纪末的颓唐人，是因为古人所创的事业中，即含有后来的新兴阶级皆可以择取的遗产，而颓唐人则自置于人间之上，自放于人间之外，于当时及后世都无益处的缘故。但自然也有破坏，这是为了未来的新的建设。新的建设的理想，是一切言动的南针，倘没有这而言破坏，便如未来派，不过是破坏的同路人，而言保存，则全然是旧社会的维持者。

Lunacharski 的文字，在中国，翻译要算比较地多的了。《艺术论》（并包括《实证美学的基础》，大江书店版）之外，有《艺术之社会的基础》（雪峰译，水沫书店版），有《文艺与批评》（鲁迅译，同店版），有《霍善斯坦因论》（译者同上，光华书局版）等，其中所说，可作含在这《浮士德与城》里的思想的印证之处，是随时可以得到的。

编者，一九三○年六月，上海。

题注：

本篇最初收入《浮士德与城》一书。初未收集。《浮士德与城》，苏联作家卢那察尔斯基所作剧本，柔石译，1930 年 9 月上海神州国光社出版，列为"现代文艺丛书"之一。

《静静的顿河》后记

本书的作者是新近有名的作家，一九二七年珂刚（P.S.Kogan）教授所作的《伟大的十年的文学》中，还未见他的姓名，我们也得不到他的自传。卷首的事略，是从德国辑译的《新俄新小说家三十人集》（Dreising neue Erxaehler des newen Russland）的附录里翻译出来的。

这《静静的顿河》的前三部，德国就在去年由 Olga Halpern 译成出版，当时书报上曾有比小传较为详细的介绍的文辞：

> "唆罗诃夫是那群直接出自民间，而保有他们的本源的俄国的诗人之一。约两年前，这年青的哥萨克的名字，才始出现于俄国的文艺界，现在已被认为新俄最有天才的作家们中的一个了。他未到十四岁，便已实际上参加了俄国革命的斗争，受过好几回伤，终被反革命的军队逐出了他的乡里。

> "他的小说《静静的顿河》开手于一九一三年，他用炎炎的南方的色彩，给我们描写哥萨克人（那些英雄的，叛逆的奴隶们 Pugatchov，Stenka Rasin，Bulavin 等的苗裔，这些人们的行为

在历史上日见其伟大）的生活。但他所描写，和那部分底地支配着西欧人对于顿河哥萨克人的想像的不真实的罗曼主义，是并无共通之处的。

"战前的家长制度的哥萨克人的生活，非常出色地描写在这小说中。叙述的中枢是年青的哥萨克人格黎高里和一个邻人的妻阿珂新亚，这两人被有力的热情所熔接，共尝着幸福与灭亡。而环绕了他们俩，则俄国的乡村在呼吸，在工作，在歌唱，在谈天，在休息。

"有一天，在这和平的乡村里蓦地起了一声惊呼：战争！最有力的男人们都出去了。这哥萨克人的村落也流了血。但在战争的持续间却生长了沉郁的憎恨，这就是逼近目前的革命豫兆……"

出书不久，华斯珂普（F.K.Weiskopf）也就给以正当的批评：

"唆罗诃夫的《静静的顿河》，由我看来好像是一种预约——那青年的俄国文学以法兑耶夫的《溃灭》，班弗罗夫的《贫农组合》，以及巴贝勒的和伊凡诺夫的小说与传奇等对于那倾耳谛听着的西方所定下的豫约的完成；这就是说，一种充满着原始力的新文学生长起来了，这种文学，它的浩大就如俄国的大原野，它的清新与不羁则如苏联的新青年。凡在青年的俄国作家们的作品中不过是一种豫示与胚胎的（新的观点，从一个完全反常的，新的方面来观察问题，那新的描写），在唆罗诃夫这部小说里都得到十分的发展了。这部小说为了它那构想的伟大，生活的多样，描写的动人，使我们记起托尔斯泰的《战争与和平》来。我们紧张地盼望着续卷的出现。"

德译的续卷，是今年秋天才出现的，但大约总还须再续，因为原作就至今没有写完。这一译本，即出于 Olga Halpern 德译本第一卷的上半，所以"在战争的持续间却生长了沉郁的憎恨"的事，在这里还不能看见。然而风物既殊，人情复异，写法又明朗简洁，绝无旧文人描头画角，宛转抑扬的恶习，华斯珂普所说的"充满着原始力的新文学"的大概，已灼然可以窥见。将来倘有全部译本，则其启发这里的新作家之处，一定更为不少。但能否实现，却要看这古国的读书界的魄力而定了。

一九三〇年九月十六日。

题注：

本篇最初收入《静静的顿河》一书。《静静的顿河》，苏联作家萧洛霍夫所作长篇小说，中译本于 1931 年 10 月由神州国光社出版。贺非译第一卷上半部，列为"现代文艺丛书"之一。

《梅斐尔德木刻士敏土之图》序言

　　小说《士敏土》为革拉特珂夫所作的名篇，也是新俄文学的永久的碑碣。关于那内容，戈庚教授在《伟大的十年的文学》里曾有简要的说明。他以为在这书中，有两种社会底要素在相克，就是建设的要素和退婴，散漫，过去的颓唐的力。但战斗却并不在军事的战线上，而在经济底战线上。这时的大题目，已蜕化为人类的意识对于与经济复兴相冲突之力来斗争的心理底的题目了。作者即在说出怎样地用了巨灵的努力，这才能使被破坏了的工厂动弹，沉默了的机械运转的颠末来。然而和这历史一同，还展开着别样的历史——人类心理的一切秩序的蜕变的历史。机械出自幽暗和停顿中，用火焰辉煌了昏暗的窗玻璃。于是人类的智慧和感情，也和这一同辉煌起来了。

　　这十幅木刻，即表现着工业的从寂灭中而复兴。由散漫而有组织，因组织而得恢复，自恢复而至盛大。也可以略见人类心理的顺遂的变形，但作者似乎不很顾及两种社会底要素之在相克的斗争——意识的纠葛的形象。我想，这恐怕是因为写实底地显示心境，绘画本难于文章，而刻者生长德国，所历的环境也和作者不同的缘故罢。

　　关于梅斐尔德的事情，我知道得极少。仅听说他在德国是一个最革命底的画家，今年才二十七岁，而消磨在牢狱里的光阴倒有八年。他最爱刻印含有革命底内容的版画的连作，我所见过的有《汉堡》《抚育的门徒》和《你的姊妹》，但都还隐约可以看见悲悯的心情，惟这《士敏土》之图，则因为背景不同，却很示人以粗豪和组织的力量。

小说《士敏土》已有董绍明蔡咏裳两君合译本，所用的是广东的译音；上海通称水门汀，在先前，也曾谓之三合土。

一九三〇年九月二十七日。

题注：

本篇最初收入1930年9月鲁迅以"三闲书屋"名义自费出版的《梅斐尔德木刻士敏土之图》卷首。初未收集。该图为德国青年木刻家梅斐尔德（C.Meffert）所作的10幅插图。鲁迅从德国购得原拓版画，"为替艺术学徒设想"，在中国首先自费试验用珂罗版复制，印行250本。本文即是为之写作的序言。

凯绥·珂勒惠支木刻《牺牲》说明

珂勒惠支（Käthe Kollwitz）以一八六七年生于东普鲁士之区匿培克（Koenigsberg），在本乡，柏林，明辛学画，后与医生 Kollwitz 结婚。其夫住贫民区域，常为贫民治病，故 K.Kollwitz 的画材，也多为贫病与辛苦。

最有名的是四种连续画。《牺牲》即木刻《战争》七幅中之一，刻一母亲含悲献她的儿子去做无谓的牺牲。这时正值欧洲大战，她的两个幼子都死在战线上。

然而她的画不仅是"悲哀"和"愤怒"，到晚年时，已从悲剧的，英雄的，暗淡的形式化蜕了。

所以，那盖勒（Otto Nagel）批评她说：K.Kollwitz 之所以于我们这样接近的，是在她那强有力的，无不包罗的母性。这漂泛于她的艺术之上，如一种善的征兆。这使我们希望离开人间。然而这也是对于更新和更好的"将来"的督促和信仰。

题注：

本篇最初发表于上海《北斗》月刊创刊号（1931年9月20日），原题为《牺牲——德国珂勒维支木刻〈战争〉中之一》。初未收集。

凯绥·珂勒惠支，德国版画家。1936年鲁迅编印了《凯绥·珂勒惠支版画选集》。关于选用这幅《牺牲》的寓意，鲁迅曾在《南腔北调集·为了忘却的记念》一文中说："他（指柔石——注者）悲愤的对我说，他的母亲双眼已经失明了……我知道这失明的母亲的眷眷的心，柔石的拳拳的心。当《北斗》创刊时，我就想写一点关于柔石的文章，然而不能够，只得选了一幅珂勒惠支（Käthe Kollwitz）夫人的木刻，名曰《牺牲》，是一个母亲悲哀地献出她的儿子去的，算是只有我一个人心里知道的柔石的记念。"

《铁流》编校后记

到这一部译本能和读者相见为止，是经历了一段小小的艰难的历史的。

去年上半年，是左翼文学尚未很遭迫压的时候，许多书店为了在表面上显示自己的前进起见，大概都愿意印几本这一类的书；即使未必实在收稿罢，但也极力要发一个将要出版的书名的广告。这一种风气，竟也打动了一向专出碑版书画的神州国光社，肯出一种收罗新俄文艺作品的丛书了，那时我们就选出了十种世界上早有定评的剧本和小说，约好译者，名之为《现代文艺丛书》。

那十种书，是——

1.《浮士德与城》，A. 卢那卡尔斯基作，柔石译。

2.《被解放的堂·吉诃德》，同人作，鲁迅译。

3.《十月》，A. 雅各武莱夫作，鲁迅译。

4.《精光的年头》，B. 毕力涅克作，蓬子译。

5.《铁甲列车》，V. 伊凡诺夫作，侍桁译。

6.《叛乱》，P. 孚尔玛诺夫作，成文英译。

7.《火马》，F. 革拉特珂夫作，侍桁译。

8.《铁流》，A. 绥拉菲摩维支作，曹靖华译。

9.《毁灭》，A. 法捷耶夫作，鲁迅译。

10.《静静的顿河》，M. 唆罗诃夫作，侯朴译。

里培进斯基的《一周间》和革拉特珂夫的《士敏土》，也是具有纪念碑性的作品，但因为在先已有译本出版，这里就不编进去了。

这时候实在是很热闹。丛书的目录发表了不多久，就已经有别种译本出现在市场上，如杨骚先生译的《十月》和《铁流》，高明先生译的《克服》其实就是《叛乱》。此外还听说水沫书店也准备在戴望舒先生的指导之下，来出一种相似的丛书。但我们的译述却进行得很慢，早早缴了卷的只有一个柔石，接着就印了出来；其余的是直到去年初冬为止，这才陆续交去了《十月》《铁甲列车》和《静静的顿河》的一部份。

然而对于左翼作家的压迫，是一天一天的吃紧起来，终于紧到使书店都骇怕了。神州国光社也来声明，愿意将旧约作废，已经交去的当然收下，但尚未开手或译得不多的其余六种，却千万勿再进行了。那么，怎么办呢？去问译者，都说，可以的。这并不是中国书店的胆子特别小，实在是中国官府的压迫特别凶，所以，是可以的。于是就废了约。

但已经交去的三种，至今早的一年多，迟的也快要一年了，都还没有出版。其实呢，这三种是都没有什么可怕的。

然而停止翻译的事，我们却独独没有通知靖华。因为我们晓得《铁流》虽然已有杨骚先生的译本，但因此反有另出一种译本的必要。别的不必说，即其将贵胄子弟出身的士官幼年生译作"小学生"，就可以引读者陷于极大的错误。小学生都成群的来杀贫农，这世界不真是完全发了疯么？

译者的邮寄译稿，是颇为费力的。中俄间邮件的不能递到，是常有的事，所以他翻译时所用的是复写纸，以备即使失去了一份，也还有底稿存在。后来补寄作者自传，论文，注解的时候，又都先后寄出相同的两份，以备其中或有一信的遗失。但是，这些一切，却都收到了，虽有因检查而被割破的，却并没有失少。

为了要译印这一部书，我们信札往来至少也有二十次。先前的来信都弄掉了，现在只钞最近几封里的几段在下面。对于读者，这也许有一些用处的。

五月三十日发的信，其中有云：

"《铁流》已于五一节前一日译完，挂号寄出。完后自看一遍，觉得译文很拙笨，而且怕有错字，脱字，望看的时候随笔代为改正一下。

"关于插画，两年来找遍了，没有得到。现写了一封给毕斯克列夫的信，向作者自己征求，但托人在莫斯科打听他的住址，却没有探得。今天我到此地的美术专门学校去查，关于苏联的美术家的住址，美专差不多都有，但去查了一遍，就是没有毕氏的。……此外还有《铁流》的原本注解，是关于本书的史实，很可助读者的了解，拟日内译成寄上。另有作者的一篇，《我怎么写铁流的》也想译出作为附录。又，新出的原本内有地图一张，照片四张，如能用时，可印入译本内。……"

毕斯克列夫（N.Piskarev）是有名的木刻家，刻有《铁流》的图若干幅，闻名已久了，寻求他的作品，是想插在译本里面的，而可惜得不到。这回只得仍照原本那样，用了四张照片和一张地图。

七月二十八日信有云：

"十六日寄上一信，内附'《铁流》正误'数页，怕万一收不到，那时就重钞了一份，现在再为寄上，希在译稿上即时改正一下，至感。因《铁流》是据去年所出的第五版和廉价丛书的小版翻译的，那两本并无差异。最近所出的第六版上，作者在自序里却道此次是经作者亲自修正，将所有版本的错误改过了。所以我就照着新版又仔细校阅了一遍，将一切错误改正，开出奉寄。……"

八月十六日发的信里，有云：

"前连次寄上之正误，原注，作者自传，都是寄双份的，不知可全收到否？现在挂号寄上作者的论文《我怎么写铁流的？》一篇并第五，六版上的自序两小节；但后者都不关重要，只在第六版序中可以知道这是经作者仔细订正了的。论文系一九二八年在《在文学的前哨》（即先前的《纳巴斯图》）上发表，现在收入去年（一九三〇）所出的二版《论绥拉菲摩维支集》中，这集是尼其廷的礼拜六出版部印行的《现代作家批评丛书》的第八种，论文即其中的第二篇，第一篇则为前日寄上的《作者自传》。这篇论文，和第六版《铁流》原本上之二四三页——二四八页的《作者的话》（编者涅拉陀夫记的），内容大同小异，各有长短，所以就不译了。此外尚有绥氏全集的编者所作对于《铁流》的一篇序文，在原本卷前，名：《十月的艺术家》，原也想译它的，奈篇幅较长，又因九月一日就开学，要编文法的课程大纲，要开会等许多事情纷纷临头了，再没有翻译的工夫，《铁流》又要即时出版，所以只得放下，待将来再译，以备第二版时加入罢。

"我们本月底即回城去。到苏逸达后，不知不觉已经整两月了，夏天并未觉到，秋天，中国的冬天似的秋天却来了。中国夏天是到乡间或海边避暑，此地是来晒太阳。

"毕氏的住址转托了许多人都没有探听到，莫城有一个'人名地址问事处'，但必须说出他的年龄履历才能找，这怎么说得出呢？我想来日有机会我能到莫城时自去探访一番，如能找到，再版时加入也好。此外原又想选译两篇论《铁流》的文章如D.Furmanov等的，但这些也只得留待有工夫时再说了。……"

没有木刻的插图还不要紧，而缺乏一篇好好的序文，却实在觉得有些缺憾。幸而，史铁儿竟特地为了这译本而将涅拉陀夫的那篇翻译出来了，将近二万言，确是一篇极重要的文字。读者倘将这和附在卷末的《我怎么写铁流的》都仔细的研读几回，则不但对于本书的理解，就是对于创作，批评理论的理解，也都有很大的帮助的。

还有一封九月一日写的信：

"前几天迭连寄上之作者传，原注，论文，《铁流》原本以及前日寄出之绥氏全集卷一（内有数张插图，或可采用：1.一九三〇年之作者；2.右边，作者之母及怀抱中之未来的作者，左边，作者之父；3.一八九七年在马理乌里之作者；4.列宁致作者信），这些不知均得如数收到否？

"毕氏的插图，无论如何找不到；最后，致函于绥拉菲摩维支，绥氏将他的地址开来，现已写信给了毕氏，看他的回信如何再说。

"当给绥氏信时，顺便问及《铁流》中无注的几个字，如'普迦奇'等。承作者好意，将书中难解的古班式的乌克兰话依次用俄文注释，打了字寄来，计十一张。这么一来，就发见了译文中的几个错处，除注解的外，翻译时，这些问题，每一字要问过几个精通乌克兰话的人，才敢决定，然而究竟还有解错的，这也是十月后的作品中特有而不可免的钉子。现依作者所注解，错的改了一下，注的注了起来，快函寄奉，如来得及时，望费神改正一下，否则，也只好等第二版了。……"

当第一次订正表寄到时，正在排印，所以能够全数加以改正，但这一回却已经校完了大半，没法改动了，而添改的又几乎都在上半部。现在就照录在下面，算是一张《铁流》的订正及添注表罢：

一三页二行 "不晓得吗！"上应加："呸，发昏了吗！"

一三页二〇行 "种瓜的"应改："看瓜的"。

一四页一七行 "你发昏了吗？！"应改："大概是发昏了吧？！"

三四页六行 "回子"本页末应加注："回子"是沙皇时代带着大俄罗斯民族主义观点的人们对于一般非正教的，尤其是对于回民及土耳其人的一种最轻视，最侮辱的称呼。——作者给中译本特注。

三六页三行 "你要长得好像一个男子呵。"应改："我们将来要到地里做活的呵。"

三八页三行 "一个头发很稀的"之下应加："蓬乱的"。

四三页二行 "杂种羔子"应改："发疯了的私生子"。

四四页一六行 "喝吗"应改："去糟塌吗"。

四六页八行 "侦缉营"本页末应加注：侦缉营（译者：俄文为

普拉斯东营）：黑海沿岸之哥萨克平卧在草地里，芦苇里，密林里埋伏着，以等待敌人，戒备敌人。——作者特注。

四九页一四行　"平底的海面"本页末应加注：此处指阿左夫（Azoph）海，此海有些地方水甚浅。渔人们都给它叫洗衣盆。——作者特注。

四九页一七行　"接连着就是另一个海"本页末应加注：此处指黑海。——作者特注。

五〇页四行　"野牛"本页末应加注：现在极罕见的，差不多已经绝种了的颈被龙毛的野牛。——作者特注。

五二页七行　"沙波洛塞奇"本页末应加注：自由的沙波洛塞奇：是乌克兰哥萨克的一种组织，发生于十六世纪，在德尼普江的"沙波罗"林岛上。沙波罗人常南征克里木及黑海附近一带，由那里携带许多财物回来。沙波罗人参加于乌克兰哥萨克反对君主专制的俄罗斯的暴动。沙波罗农民的生活，在果戈里（Gogol）的《达拉斯·布尔巴》（Taras Bulba）里写的有。——作者特注。

五三页六行　"尖肚子奇加"本页末应加注：哥萨克村内骑手们的骂玩的绰号。由土匪奇加之名而来。——作者特注。

五三页一一行　"加克陆克"本页末应加注：即土豪。——作者特注。

五三页一一行　"普迦奇"本页末应加注：鞭打者；猫头鹰；田园中的干草人（吓雀子用的）。——作者特注。

五六页三行　"贪得无厌的东西！"应改："无能耐的东西！"

五七页一五行"下处"应改："鼻子"。

七一页五——六行　"它平坦的横亘着一直到海边呢？"应改："它平坦的远远的横亘着一直到海边呢？"

七一页八行 "当摩西把犹太人由埃及的奴隶下救出的时候"本页末应加注：据《旧约》，古犹太人在埃及，在埃及王手下当奴隶，在那里建筑极大的金字塔，摩西从那里将他们带了出来。——作者特注。

七一页一三行 "他一下子什么都会做好的"应改："什么法子他一下子都会想出来的。"

七一页一八行 "海湾"本页末应加注：指诺沃露西斯克海湾。——作者特注。

九四页一二行 "加芝利"本页末应加注：胸前衣服上用绳子缝的小袋，作装子弹用的。——作者特注。

一四五页一四行 "小屋"应改："小酒铺"。

一七九页二一行 "妖精的成亲"本页末应加注："妖精的成亲"是乌克兰的俗话，譬如雷雨之前——突然间乌黑起来，电闪飞舞，这叫作"妖女在行结婚礼"了，也指一般的阴晦和湿雨。——译者。

以上，计二十五条。其中的三条，即"加克陆克"，"普迦奇"，"加芝利"是当校印之际，已由校者据日文译本的注，加了解释的，很有点不同，现在也已经不能追改了。但读者自然应该信任作者的自注。

至于《绥拉菲摩维支全集》卷一里面的插图，这里却都未采用。因为我们已经全用了那卷十（即第六版的《铁流》这一本）里的四幅，内中就有一幅作者像；卷头又添了拉迪诺夫（I.Radinov）所绘的肖像，中间又加上了原是大幅油画，法棱支（R.Frenz）所作的《铁流》。毕斯克列夫的木刻画因为至今尚无消息，就从杂志《版画》（Graviora）第四集（一九二九）里取了复制缩小的一幅，印在书面上了，所刻的是"外乡人"在被杀害的景象。

别国的译本，在校者所见的范围内，有德，日的两种。德译本附于涅威罗夫的《粮食充足的城市，达什干德》（A.Neverow：Taschkent, die brotreiche Stadt）后面，一九二九年柏林的新德意志出版所（Neur Deutscher Verlag）出版，无译者名，删节之处常常遇到，不能说是一本好书。日译本却完全的，即名《铁之流》，一九三〇年东京的丛文阁出版，为《苏维埃作家丛书》的第一种；译者藏原惟人，是大家所信任的翻译家，而且难解之处，又得了苏俄大使馆的康士坦丁诺夫（Konstantinov）的帮助，所以是很为可靠的。但是，因为原文太难懂了，小错就仍不能免，例如上文刚刚注过的"妖精的成亲"，在那里却译作"妖女的自由"，分明是误解。

我们这一本，因为我们的能力太小的缘故，当然不能称为"定本"，但完全实胜于德译，而序跋，注解，地图和插画的周到，也是日译本所不及的。只是，待到攒凑成功的时候，上海出版界的情形早已大异从前了：没有一个书店敢于承印。在这样的岩石似的重压之下，我们就只得宛委曲折，但还是使她在读者眼前开出了鲜艳而铁一般的新花。

这自然不算什么"艰难"，不过是一些琐屑，然而现在偏说了些琐屑者，其实是愿意读者知道：在现状之下，很不容易出一本较好的书，这书虽然仅仅是一种翻译小说，但却是尽三人的微力而成，——译的译，补的补，校的校，而又没有一个是存着借此来自己消闲，或乘机哄骗读者的意思的。倘读者不因为她没有《潘彼得》或《安徒生童话》那么"顺"，便掩卷叹气，去喝咖啡，终于肯将她读完，甚而至于再读，而且连那序言和附录，那么我们所得的报酬，就尽够了。

一九三一年十月十日，鲁迅。

题注：

　　本篇最初收入三闲书屋1931年11月出版的中译本《铁流》中译本，未另发表。收入《集外集拾遗》。《铁流》是苏联作家绥拉菲摩维支的长篇小说，描写苏联国内战争时期一支游击队的斗争生活。曹靖华译，鲁迅校阅。为编印此书，鲁迅与曹靖华往来通信20多次。在1934年12月10日致萧军、萧红的信中，鲁迅曾提起与神州国光社订立合同出版"现代文艺丛书"，但该社出了几本即毁约，"有合同也无用，我只好又磕头礼拜，各去回断，靖华住得远，不及回复，已经译成，只好我自己付版税，又设法付印，这就是《铁流》……"

理惠拉壁画《贫人之夜》说明

理惠拉（Diego Rivera）以一八八六年生于墨西哥，然而是久在西欧学画的人。他二十岁后，即往来于法兰西，西班牙和意大利，很受了印象派，立体派，以及文艺复兴前期的壁画家的影响。此后回国，感于农工的运动，遂宣言"与民众同在"，成了有名的生地壁画家。生地壁画（Fresco）者，乘灰粉未干之际，即须挥毫傅彩，是颇不容易的。

他的壁画有三处，一为教育部内的劳动院，二为祭祝院，三为查宾戈（Chapingo）农业学校。这回所取的一幅，是祭祝院里的。

理惠拉以为壁画最能尽社会的责任。因为这和宝藏在公侯邸宅内的绘画不同，是在公共建筑的壁上，属于大众的。因此也可知倘还在倾向沙龙（Salon）绘画，正是现代艺术中的最坏的倾向。

题注：

本篇最初发表于 1931 年 10 月 20 日《北斗》月刊第一卷第二期。初未收集。理惠拉，墨西哥画家，擅长壁画。

鲁迅启事

　　顷见十月十八日《申报》上，有现代书局印行鲁迅等译《果树园》广告，末云："鲁迅先生他从许多近代世界名作中，特地选出这样地六篇，印成第一辑，将来再印第二辑"云云。《果树园》系往年郁达夫先生编辑《大众文艺》时，译出揭载之作，又另有《农夫》一篇。此外我与现代书局毫无关系，更未曾为之选辑小说，而且也没有看过这"许多世界名作"。这一部书是别人选的。特此声明，以免掠美。

题注：

　　本篇最初发表于1931年10月26日上海《文艺新闻》第三十三号"广告"栏。初未收集。

《毁灭》和《铁流》的出版预告

〔毁 灭〕 为法捷耶夫所作之名著,鲁迅译,除本文外,并有作者自传,藏原惟人和弗理契序文,译者跋语,及插图六幅,三色版作者画像一幅。售价一元二角,准于十一月卅日出版。

〔铁 流〕 为绥拉菲摩维支所作之名著,批评家称为"史诗",曹靖华译,除本文外,并有极详确之序文,注释,地图,及作者照相和三色版画像各一幅,笔迹一幅,书中主角照相两幅,三色版《铁流图》一幅。售价一元四角,准于十二月十日出版。

外埠读者 购买以上二书,每种均外加邮寄挂号费各一角,无法汇款者,得以邮票代价,并不打扣,但请寄一角以下的邮票来。

特价卷 以上二书曾各特印"特价券"四百枚,系为没有钱的读者起见,并无营业的推销作用在内,因此希望此种券尽为没有钱的读者所得。《毁灭》特价六角,《铁流》八角,外埠每种外加邮寄挂号费各一角,同时购二种者共一角五分。

代售处　上海北四川路底内山书店

　　　　上海四马路五一二号文艺新闻社代理部

　　　　（此二代售处，特价券均发生效力。）

上海三闲书屋谨启

题注：

　　本篇最初发表于 1931 年 11 月 23 日《文艺新闻》第三十七号。初未收集。

"日本研究"之外

　　自从日本占领了辽吉两省以来，出版界就发生了一种新气象：许多期刊里，都登载了研究日本的论文，好几家书铺子，还要出日本研究的小本子。此外，据广告说，什么亡国史是瞬息卖完了好几版了。

　　怎么会突然生出这许多研究日本的专家来的？看罢，除了《申报》《自由谈》上的什么"日本应称为贼邦"，"日本古名倭奴"，"闻之友人，日本乃施行征兵之制"一流的低能的谈论以外，凡较有内容的，那一篇不和从上海的日本书店买来的日本书没有关系的？这不是中国人的日本研究，是日本人的日本研究，是中国人大偷其日本人的研究日本的文章了。

　　倘使日本人不做关于他本国，关于满蒙的书，我们中国的出版界便没有这般热闹。

　　在这排日声中，我敢坚决的向中国的青年进一个忠告，就是：日本人是很有值得我们效法之处的。譬如关于他的本国和东三省，他们平时就有很多的书，——但目下投机印出的书，却应除外，——关于外国的，那自然更不消说。我们自己有什么？除了墨子为飞机鼻祖，中国是四千年的古国这些没出息的梦话而外，所有的是什么呢？

我们当然要研究日本，但也要研究别国，免得西藏失掉了再来研究英吉利（照前例，那时就改称"英夷"），云南危急了再来研究法兰西。也可以注意些现在好像和我们毫无关系的德，奥，匈，比……尤其是应该研究自己：我们的政治怎样，经济怎样，文化怎样，社会怎样，经了连年的内战和"正法"，究竟可还有四万万人了？

我们也无须再看什么亡国史了。因为这样的书，至多只能教给你一做亡国奴，就比现在的苦还要苦；他日情随事迁，很可以自幸还胜于连表面上也已经亡国的人民，依然高高兴兴，再等着灭亡的更加逼近。这是"亡国史"第一页之前的页数，"亡国史"作者所不肯明写出来的。

我们应该看现代的兴国史，现代的新国的历史，这里面所指示的是战叫，是活路，不是亡国奴的悲叹和号咷！

题注：

本篇最初发表于上海《文艺新闻》周刊第三十八号（1931年11月30日），署名乐贲。初未收集。鲁迅写本文时，报刊上正连续发表"日本研究"之类的文章。如《申报·自由谈》1931年10月13日刊载瘦曼的《反日声中之小常识》一文，说"日本古名倭奴"；11月7日该报"抗日之声"栏刊载寄萍的文章说"日本应称为贼邦"；11月18日该报刊载郑逸梅《纪客谈倭国之军人》一文，谈日本施行征兵制……鲁迅因此作本文。

三闲书屋校印书籍

现在只有三种，但因为本书屋以一千现洋，三个有闲，虚心绍介诚实译作，重金礼聘校对老手，宁可折本关门，决不偷工减料，所以对于读者，虽无什么奖金，但也决不欺骗的。除《铁流》外，那二种是：

毁 灭 作者法捷耶夫，是早有定评的小说作家，本书曾经鲁迅从日文本译出，登载月刊，读者赞为佳作。可惜月刊中途停印，书亦不完。现又参照德英两种译本，译成全书，并将上半改正，添译藏原惟人，莜理契序文，附以原书插画六幅，三色版印作者画像一张，亦可由此略窥新的艺术。不但所写的农民矿工以及智识阶级，皆栩栩如生，且多格言，汲之不尽，实在是新文学中的一个大炬火。全书三百十余页，实价大洋一元二角。

士敏土之图 这《士敏土》是革拉特珂夫的大作，中国早有译本；德国有名的青年木刻家凯尔·梅斐尔德曾作图画十幅，气象雄伟，旧艺术家无人可以比方。现据输入中国之唯一的原版印本，复制玻璃版，用中国夹层宣纸，影印二百五十部，大至尺余，神彩不爽。出版以后，已仅存百部，而几乎尽是德日两国人所购，中国读者只二十余人。出版者极希望中国也从速购置，售完后决不再版，而定价低廉，较原版画便宜至一百倍也。图十幅，序目两页，中国式装，实价大洋一元五角。

代售处：内山书店

（上海，北四川路底，施高塔路口。）

题注：

本篇最初收入1931年11月"三闲书屋"版《铁流》版权页后。初未收集。三闲书屋，鲁迅自费印行书籍时借用的书店名称。

介绍德国作家版画展

世界上版画出现得最早的是中国，或者刻在石头上，给人模拓，或者刻在木版上，分布人间。后来就推广而为书籍的绣像，单张的花纸，给爱好图画的人更容易看见，一直到新的印刷术传进了中国，这才渐渐的归于消亡。

欧洲的版画，最初也是或用作插画，或印成单张，和中国一样的。制作的时候，也是画手一人，刻手一人，印手又是另一人，和中国一样的。大家虽然借此娱目赏心，但并不看作艺术，也和中国一样。但到十九世纪末，风气改变了，许多有名的艺术家，都来自己动手，用刀代了笔，自画，自刻，自印，使它确然成为一种艺术品，而给人赏鉴的量，却比单能成就一张的油画之类还要多。这种艺术，现在谓之"创作版画"，以别于古时的木刻，也有人称之为"雕刀艺术"。

但中国注意于这种艺术的人，向来是很少的。去年虽然开过一个小小的展览会，而至今并无继起。近闻有德国的爱好美术的人们，已筹备开一"创作版画展览会"。其版类有木，有石，有铜。其作家都是现代德国的，或寓居德国的各国的名手，有许多还是已经跨进美术史里去了的人们。例如亚尔启本珂（Archipenko），珂珂式加（O.Kokoschka），法宁该尔（L.Feininger），沛息斯坦因（M.Pechstein），都是只要知道一点现代艺术的人，就很熟识的人物。此外还有当表现派文学运动之际，和文学家一同协力的霍夫曼（L.von Hofmann），梅特那（L.Meidner）的作品。至于新的战斗的作家如珂勒惠支夫人（K.Kollwitz），格罗斯（G.Grosz），梅斐尔德（C.Meffert），那是连留心文学的人也就知道，更可以无须多说的了。

这展览会里，连上述各家以及别的作者的版画，闻共有百余幅之多，大者至二三尺，且都有作者亲笔的署名，和翻印的画片，简直有天渊之别，是很值得美术学生和爱好美术者的研究的。

题注：

本篇最初发表于上海《文艺新闻》周刊第三十九号（1931年12月7日），署名乐贲。初未收集。这次画展是侨居上海的爱好美术的德国人所主办，鲁迅珍藏的版画也被借去展览。鲁迅日记1931年11月26日记载有"下午汉嘉堡［堡嘉］夫人来借版画"，就是为了本次展览。画展原定本年12月7日开始，但因原版画中有大至二尺以上的，须筹办镜框，故延期至1932年6月4日开幕。本文是为本次画展写的说明和评介文字。

德国作家版画展延期举行真像

　　此次版画展览会，原定于本月七日举行，闻搜集原版画片，颇为不少，大抵大至尺余，如格罗斯所作石版《席勒剧本〈群盗〉警句图》十张，珂勒惠支夫人所作铜板画《农民图》七张，则大至二尺以上，因此镜框遂成问题。有志于美术的人，既无力购置，而一时又难以另法备办，现筹备人方四出向朋友商借，一俟借妥，即可开会展览。

　　又闻俄国木刻名家毕斯凯莱夫（N.Piskarev）有《铁流图》四小幅，自在严寒中印成，赠与小说《铁流》之中国译者，昨已由译者寄回上海，是为在东亚唯一之原版画，传闻三闲书屋为之制版印行。并拟先在展览会陈列，以供爱好美术者之赏鉴。

题注：

　　本篇最初发表于1931年12月14日《文艺新闻》第四十号，原题为《铁流图·版画展 延期举行真像》。初未收集。

几条"顺"的翻译

在这一个多年之中，拚死命攻击"硬译"的名人，已经有了三代：首先是祖师梁实秋教授，其次是徒弟赵景深教授，最近就来了徒孙杨晋豪大学生。但这三代之中，却要算赵教授的主张最为明白而且彻底了，那精义是——

　　"与其信而不顺，不如顺而不信。"

这一条格言虽然有些希奇古怪，但对于读者是有效力的。因为"信而不顺"的译文，一看便觉得费力，要借书来休养精神的读者，自然就会佩服赵景深教授的格言。至于"顺而不信"的译文，却是倘不对照原文，就连那"不信"在什么地方都不知道。然而用原文来对照的读者，中国有几个呢。这时候，必须读者比译者知道得更多一点，才可以看出其中的错误，明白那"不信"的所在。否则，就只好胡里胡涂的装进脑子里去了。

我对于科学是知道得很少的，也没有什么外国书，只好看看译本，但近来往往遇见疑难的地方。随便举几个例子罢。《万有文库》

里的周太玄先生的《生物学浅说》里，有这样的一句——

"最近如尼尔及厄尔两氏之对于麦……"

据我所知道，在瑞典有一个生物学名家 Nilsson-Ehle，是考验小麦的遗传的，但他是一个人而兼两姓，应该译作"尼尔生厄尔"才对。现在称为"两氏"，又加了"及"，顺是顺的，却很使我疑心是别的两位了。不过这是小问题，虽然，要讲生物学，连这些小节也不应该忽略，但我们姑且模模胡胡罢。

今年的三月号《小说月报》上冯厚生先生译的《老人》里，又有这样的一句——

"他由伤寒病变为流行性感冒（Influenza）的重病……"

这也是很"顺"的，但据我所知道，流行性感冒并不比伤寒重，而且一个是呼吸系病，一个是消化系病，无论你怎样"变"，也"变"不过去的。须是"伤风"或"中寒"，这才变得过去。但小说不比《生物学浅说》，我们也姑且模模胡胡罢。这回另外来看一个奇特的实验。

这一种实验，是出在何定杰及张志耀两位合译的美国 Conklin 所作的《遗传与环境》里面的。那译文是——

"……他们先取出兔眼睛内髓质之晶体，注射于家禽，等到家禽眼中生成一种'代晶质'，足以透视这种外来的蛋白质精以后，再取出家禽之血清，而注射于受孕之雌兔。雌兔经此番注射，每不能堪，多遭死亡，但是他们的眼睛或晶体并不见有若何之伤害，并且他们卵巢内所蓄之卵，亦不见有什么特别之伤害，因为就他们以后所生的小兔看来，并没有生而具残缺不全之眼者。"

这一段文章，也好像是颇"顺"，可以懂得的。但仔细一想，却不免不懂起来了。一，"髓质之晶体"是什么？因为水晶体是没有髓质皮质之分的。二，"代晶质"又是什么？三，"透视外来的蛋白质"又是怎么一回事？我没有原文能对，实在苦恼得很，想来想去，才以为恐怕是应该改译为这样的——

"他们先取兔眼内的制成浆状（以便注射）的水晶体，注射于家禽，等到家禽感应了这外来的蛋白质（即浆状的水晶体）而生'抗晶质'（即抵抗这浆状水晶体的物质）。然后再取其血清，而注射于怀孕之雌兔。……"

以上不过随手引来的几个例，此外情随事迁，忘却了的还不少，有许多为我所不知道的，那自然就都溜过去，或者照样错误地装在我的脑里了。但即此几个例子，我们就已经可以决定，译得"信而不顺"的至多不过看不懂，想一想也许能懂，译得"顺而不信"的却令人迷误，怎样想也不会懂，如果好像已经懂得，那么你正是入了迷途了。

题注：

　　本篇最初发表于《北斗》第一卷第四期（1931 年 12 月 20 日），署名长庚。收入《二心集》。1931 年 3 月，赵景深在《读书月刊》第一卷第六期《论翻译》中说："译得错不错是第二个问题，最要紧的是译得顺不顺。倘若译得一点也不错，而文字格里格达，吉里吉八，拖拖拉拉一长串，要折断人家的嗓子，其害处当甚于误译。……所以严复的'信''达''雅'三个条件，我以为其次序应该是'达''信''雅'。"他主张"与其信而不顺，不如顺而不信"。1931 年 7 月 6 日和 8 月 17日他又在《文艺新闻》第十七期、第二十三期发表《与摩顿谈翻译》和《翻译论之再零碎》再作辩解。他的观点和梁实秋讽刺鲁迅"硬译"的论调是异曲同工。所以鲁迅作本文，批评他的观点。鲁迅批评他"顺而不信"的文章可参见《二心集·风马牛》。

风马牛

　　主张"顺而不信"译法的大将赵景深先生，近来却并没有译什么大作，他大抵只在《小说月报》上，将"国外文坛消息"，来介绍给我们。这自然是很可感谢的。那些消息，是译来的呢，还是介绍者自去打听来，研究来的？我们无从捉摸。即使是译来的罢，但大抵没有说明出处，我们也无从考查。自然，在主张"顺而不信"译法的赵先生，这是都不必注意的，如果有些"不信"，倒正是贯彻了宗旨。

　　然而，疑难之处，我却还是遇到的。

　　在二月号的《小说月报》里，赵先生将"新群众作家近讯"告诉我们，其一道："格罗泼已将马戏的图画故事《Alay Oop》脱稿。"这是极"顺"的，但待到看见了这本图画，却不尽是马戏。借得英文字典来，将书名下面注着的两行英文"Life and Love Among the Acrobats Told Entirely in Pictures"查了一遍，才知道原来并不是"马戏"的故事，而是"做马戏的戏子们"的故事。这么一说，自然，有些"不顺"了。但内容既然是这样的，另外也没有法子想。必须是"马戏子"，这才会有"Love"。

　　《小说月报》到了十一月号，赵先生又告诉了我们"塞意斯完成四部曲"，而且"连最后的一册《半人半牛怪》（Der Zentaur）也已于今年出版"了。这一下"Der"，就令人眼睛发白，因为这是茄门话，就是想查字典，除了同济学校也几乎无处可借，那里还敢发生什么贰心。然而那下面的一个名词，却不写尚可，一写倒成了疑难杂症。这字大约是源于希腊的，英文字典上也就有，我们还常常看见用它做画材的图画，上半身是人，下半身却是马，不是牛。牛马同是哺乳动物，为了要"顺"，固然混用一回也不关紧要，但究竟马是奇蹄类，牛是偶蹄类，有些不同，还是分别了好，不必"出到最后的一册"的时候，偏来"牛"一下子的。

"牛"了一下之后，使我联想起赵先生的有名的"牛奶路"来了。这很像是直译或"硬译"，其实却不然，也是无缘无故的"牛"了进去的。这故事无须查字典，在图画上也能看见。却说希腊神话里的大神宙斯是一位很有些喜欢女人的神，他有一回到人间去，和某女士生了一个男孩子。物必有偶，宙斯太太却偏又是一个很有些嫉妒心的女神。她一知道，拍桌打凳的（？）大怒了一通之后，便将那孩子取到天上，要看机会将他害死。然而孩子是天真的，他满不知道，有一回，碰着了宙太太的乳头，便一吸，太太大吃一惊，将他一推，跌落到人间，不但没有被害，后来还成了英雄。但宙太太的乳汁，却因此一吸，喷了出来，飞散天空，成为银河，也就是"牛奶路"，——不，其实是"神奶路"。但白种人是一切"奶"都叫"Milk"的，我们看惯了罐头牛奶上的文字，有时就不免于误译，是的，这也是无足怪的事。

但以对于翻译大有主张的名人，而遇马发昏，爱牛成性，有些"牛头不对马嘴"的翻译，却也可当作一点谈助。——不过当作别人的一点谈助，并且借此知道一点希腊神话而已，于赵先生的"与其信而不顺，不如顺而不信"的格言，却还是毫无损害的。这叫作"乱译万岁！"

题注：

本篇最初发表于《北斗》第一卷第四期（1931 年 12 月 20 日），署名长庚。收入《二心集》。赵景深是《小说月报》专栏"国外文坛消息"的主笔，专门翻译、介绍外国文学作品。1931 年《小说月报》二月号、十一月号上，赵景深出现了误译。早在 1922 年天津《新民意报·文学副刊》上，他翻译的契诃夫小说《樊凯》（即《万卡》）中就犯了一个有名的错误，将 Milk Way（银河）误译成"牛奶路"。鲁迅以他的误译为例，在本文中批评赵景深主张的"顺而不信"的翻译方法。

关于翻译的通信

来信

敬爱的同志：

　　你译的《毁灭》出版，当然是中国文艺生活里面的极可纪念的事迹。翻译世界无产阶级革命文学的名著，并且有系统的介绍给中国读者，（尤其是苏联的名著，因为它们能够把伟大的十月，国内战争，五年计画的"英雄"，经过具体的形象，经过艺术的照耀，而供献给读者。）——这是中国普罗文学者的重要任务之一。虽然，现在做这件事的，差不多完全只是你个人和Z同志的努力；可是，谁能够说：这是私人的事情?！谁?！《毁灭》《铁流》等等的出版，应当认为一切中国革命文学家的责任。每一个革命的文学战线上的战士，每一个革命的读者，应当庆祝这一个胜利；虽然这还只是小小的胜利。

　　你的译文，的确是非常忠实的，"决不欺骗读者"这一句话，决不是广告！这也可见得一个诚挚，热心，为着光明而斗争的人，不能够不是刻苦而负责的。二十世纪的才子和欧化名士可以用"最少的劳力求得最大的"声望；但是，这种人物如果不彻底的脱胎换骨，始终

146

只是"纱笼"（Salon）里的哈叭狗。现在粗制滥造的翻译，不是这班人干的，就是一些书贾的投机。你的努力——我以及大家都希望这种努力变成团体的，——应当继续，应当扩大，应当加深。所以我也许和你自己一样，看着这本《毁灭》，简直非常的激动：我爱它，像爱自己的儿女一样。咱们的这种爱，一定能够帮助我们，使我们的精力增加起来，使我们的小小的事业扩大起来。

翻译——除出能够介绍原本的内容给中国读者之外——还有一个很重要的作用：就是帮助我们创造出新的中国的现代言语。中国的言语（文字）是那么穷乏，甚至于日常用品都是无名氏的。中国的言语简直没有完全脱离所谓"姿势语"的程度——普通的日常谈话几乎还离不开"手势戏"。自然，一切表现细腻的分别和复杂的关系的形容词，动词，前置词，几乎没有。宗法封建的中世纪的余孽，还紧紧的束缚着中国人的活的言语，（不但是工农群众！）这种情形之下，创造新的言语是非常重大的任务。欧洲先进的国家，在二三百年四五百年以前已经一般的完成了这个任务。就是历史上比较落后的俄国，也在一百五六十年以前就相当的结束了"教堂斯拉夫文"。他们那里，是资产阶级的文艺复兴运动和启蒙运动做了这件事。例如俄国的洛莫洛莎夫……普希金。中国的资产阶级可没有这个能力。固然，中国的欧化的绅商，例如胡适之流，开始了这个运动。但是，这个运动的结果等于它的政治上的主人。因此，无产阶级必须继续去彻底完成这个任务，领导这个运动。翻译，的确可以帮助我们造出许多新的字眼，新的句法，丰富的字汇和细腻的精密的正确的表现。因此，我们既然进行着创造中国现代的新的言语的斗争，我们对于翻译，就不能够不要求：绝对的正确和绝对的中国白话文。这是要把新的文化的言语介绍给大众。

严几道的翻译，不用说了。他是：

译须信雅达，

文必夏殷周。

其实，他是用一个"雅"字打消了"信"和"达"。最近商务还翻印"严译名著"，我不知道这是"是何居心"！这简直是拿中国的民众和青年来开玩笑。古文的文言怎么能够译得"信"，对于现在的将来的大众读者，怎么能够"达"！

现在赵景深之流，又来要求：

宁错而务顺，

毋拗而仅信！

赵老爷的主张，其实是和城隍庙里演说西洋故事的，一鼻孔出气。这是自己懂得了（？）外国文，看了些书报，就随便拿起笔来乱写几句所谓通顺的中国文。这明明白白的欺侮中国读者，信口开河的来乱讲海外奇谈。第一，他的所谓"顺"，既然是宁可"错"一点儿的"顺"，那么，这当然是迁就中国的低级言语而抹杀原意的办法。这不是创造新的言语，而是努力保存中国的野蛮人的言语程度，努力阻挡它的发展。第二，既然要宁可"错"一点儿，那就是要朦蔽读者，使读者不能够知道作者的原意。所以我说：赵景深的主张是愚民政策，是垄断智识的学阀主义，——一点儿也没有过分的。还有，第三，他显然是暗示的反对普罗文学（好个可怜的"特殊走狗"）！他这是反对普罗文学，暗指着普罗文学的一些理论著作的翻译和创作的翻译。这是普罗文学敌人的话。

但是，普罗文学的中文书籍之中，的确有许多翻译是不"顺"的。这是我们自己的弱点，敌人乘这个弱点来进攻。我们的胜利的道路当然不仅要迎头痛打，打击敌人的军队，而且要更加整顿自己的队伍。我们的自己批评的勇敢，常常可以解除敌人的武装。现在，所谓翻译论战的结论，我们的同志却提出了这样的结语：

　　"翻译绝对不容许错误。可是，有时候，依照译品内容的性质，为着保存原作精神，多少的不顺，倒可以容忍。"

　　这是只是个"防御的战术"。而蒲力汗诺夫说：辩证法的唯物论者应当要会"反守为攻"。第一，当然我们首先要说明：我们所认识的所谓"顺"，和赵景深等所说的不同。第二，我们所要求的是：绝对的正确和绝对的白话。所谓绝对的白话，就是朗诵起来可以懂得的。第三，我们承认：一直到现在，普罗文学的翻译还没有做到这个程度，我们要继续努力。第四，我们揭穿赵景深等自己的翻译，指出他们认为是"顺"的翻译，其实只是梁启超和胡适之交媾出来的杂种——半文不白，半死不活的言语，对于大众仍旧是不"顺"的。

　　这里，讲到你最近出版的《毁灭》，可以说：这是做到了"正确"，还没有做到"绝对的白话"。

　　翻译要用绝对的白话，并不就不能够"保存原作的精神"。固然，这是很困难，很费功夫的。但是，我们是要绝对不怕困难，努力去克服一切的困难。

　　一般的说起来，不但翻译，就是自己的作品也是一样，现在的文学家，哲学家，政论家，以及一切普通人，要想表现现在中国社会已经有的新的关系，新的现象，新的事物，新的观念，就差不多人人都要做"仓颉"。这就是说，要天天创造新的字眼，新的句法。实际生活的要求是这样。难道一九二五年初我们没有在上海小沙渡替群众造出"罢工"这一个字眼吗？还有"游击队"，"游击战争"，"右倾"，"左倾"，"尾巴主义"，甚至于普通的"团结"，"坚决"，"动摇"等等等类……这些说不尽的新的字眼，渐渐的容纳到群众的口头上的言语里去了，即使还没有完全容纳，那也已经有了可以容纳的可能了。讲到新的句法，比较起来要困难一些，但是，口头上的言语里面，句法也已经有了很大的改变，很大的进步。只要拿我们自己演讲的言语和旧小说里的对白比较一下，就可以看得出来。可是，这些新的字眼和句法的创造，无意之中自然而然的要遵照着中国白话的文法公律。凡是"白话文"里面，违反这些公律的新字眼，新句法，——就是说不上口的——自然淘汰出去，不能够存在。

所以说到什么是"顺"的问题，应当说：真正的白话就是真正通顺的现代中国文，这里所说的白话，当然不限于"家务琐事"的白话，这是说：从一般人的普通谈话，直到大学教授的演讲的口头上的白话。中国人现在讲哲学，讲科学，讲艺术……显然已经有了一个口头上说的白话。难道不是如此？如果这样，那么，写在纸上的说话（文字），就应当是这一种白话，不过组织得比较紧凑，比较整齐罢了。这种文字，虽然现在还有许多对于一般识字很少的群众，仍旧是看不懂的，因为这种言语，对于一般不识字的群众，也还是听不懂的。——可是，第一，这种情形只限于文章的内容，而不在文字的本身，所以，第二，这种文字已经有了生命，它已经有了可以被群众容纳的可能性。它是活的言语。

所以，书面上的白话文，如果不注意中国白话的文法公律，如果不就着中国白话原来有的公律去创造新的，那就很容易走到所谓"不顺"的方面去。这是在创造新的字眼新的句法的时候，完全不顾普通群众口头上说话的习惯，而用文言做本位的结果。这样写出来的文字，本身就是死的言语。

150

因此，我觉得对于这个问题，我们要有勇敢的自己批评的精神，我们应当开始一个新的斗争。你以为怎么样？

我的意见是：翻译应当把原文的本意，完全正确的介绍给中国读者，使中国读者所得到的概念等于英俄日德法……读者从原文得来的概念，这样的直译，应当用中国人口头上可以讲得出来的白话来写。为着保存原作的精神，并用不着容忍"多少的不顺"。相反的，容忍着"多少的不顺"（就是不用口头上的白话），反而要多少的丧失原作的精神。

当然，在艺术的作品里，言语上的要求是更加苛刻，比普通的论文要更加来得精细。这里有各种人不同的口气，不同的字眼，不同的声调，不同的情绪，……并且这并不限于对白。这里，要用穷乏的中国口头上的白话来应付，比翻译哲学，科学……的理论著作，还要来得困难。但是，这些困难只不过愈加加重我们的任务，可并不会取消我们的这个任务的。

现在，请你允许我提出《毁灭》的译文之中的几个问题。我还没有能够读完，对着原文读的只有很少几段。这里，我只把莆理契序文里引的原文来校对一下。（我顺着序文里的次序，编着号码写下去，不再引你的译文，请你自己照着号码到书上去找罢。序文的翻译有些错误，这里不谈了。）

（一）结算起来，还是因为他心上有一种——

"对于新的极好的有力量的慈善的人的渴望，这种渴望是极大的，无论什么别的愿望都比不上的。"

更正确些：

结算起来，还是因为他心上——

"渴望着一种新的极好的有力量的慈善的人，这个渴望是极大的，无论什么别的愿望都比不上的。"

　　（二）"在这种时候，极大多数的几万万人，还不得不过着这种原始的可怜的生活，过着这种无聊得一点儿意思都没有的生活，——怎么能够谈得上什么新的极好的人呢。"

　　（三）"他在世界上，最爱的始终还是他自己，——他爱他自己的雪白的肮脏的没有力量的手，他爱他自己的唉声叹气的声音，他爱他自己的痛苦，自己的行为——甚至于那些最可厌恶的行为。"

　　（四）"这算收场了，一切都回到老样子，仿佛什么也不曾有过，——华理亚想着，——又是旧的道路，仍旧是那一些纠葛——一切都要到那一个地方……可是，我的上帝，这是多么没有快乐呵！"

　　（五）"他自己都从没有知道过这种苦恼，这是忧愁的疲倦的，老年人似的苦恼，——他这样苦恼着的想：他已经二十七岁了，过去的每一分钟，都不能够再回过来，重新换个样子再过它一过，而以后，看来也没有什么好的……（这一段，你的译文有错误，也就特别来得"不顺"。）现在木罗式加觉得，他一生一世，用了一切力量，都只是竭力要走上那样的一条道路，他看起来是一直的明白的正当的道路，像莱奋生，巴克拉诺夫，图蟠夫那样的人，他们所走的正是这样的道路；然而似乎有一个什么人在妨碍他走上这样的道路呢。而因为他无论什么时候也想不到这个仇敌就在他自己的心里面，所以，他想着他的痛苦是因为一般人的卑鄙，他就觉得特别的痛快和伤心。"

　　（六）"他只知道一件事——工作。所以，这样正当的人，是

152

不能够不信任他，不能够不服从他的。"

（七）"开始的时候，他对于他生活的这方面的一些思想，很不愿意去思索，然而，渐渐的他起劲起来了，他竟写了两张纸……在这两张纸上，居然有许多这样的字眼——谁也想不到莱奋生会知道这些字眼的。"（这一段，你的译文里比俄文原文多了几句副句，也许是你引了相近的另外一句了罢？或者是你把莱理契空出的虚点填满了？）

（八）"这些受尽磨难的忠实的人，对于他是亲近的，比一切其他的东西都更加亲近，甚至于比他自己还要亲近。"

（九）"……沉默的，还是潮湿的眼睛，看了一看那些打麦场上的疏远的人，——这些人，他应当很快就把他们变成功自己的亲近的人，像那十八个人一样，像那不做声的，在他后面走着的人一样。"（这里，最后一句，你的译文有错误。）

这些译文请你用日本文和德文校对一下，是否是正确的直译，可以比较得出来的。我的译文，除出按照中国白话的句法和修辞法，有些比起原文来是倒装的，或者主词，动词，宾词是重复的，此外，完完全全是直译的。

这里，举一个例：第（八）条"……甚至于比他自己还要亲近。"这句话的每一个字母都和俄文相同的。同时，这在口头上说起来的时候，原文的口气和精神完全传达得出。而你的译文："较之自己较之别人，还要亲近的人们"，是有错误的（也许是日德文的错误）。错误是在于：（一）丢掉了"甚至于"这一个字眼；（二）用了中国文言的文法，就不能够表现那句话的神气。

所有这些话，我都这样不客气的说着，仿佛自称自赞的。对于一班庸俗的人，这自然是"没有礼貌"。但是，我们是这样亲密的人，没有见面的时候就这样亲密的人。这种感觉，使我对于你说话的时候，和对自己说话一样，和自己商量一样。

再则，还有一个例子，比较重要的，不仅仅关于翻译方法的。这就是第（一）条的"新的……人"的问题。

《毁灭》的主题是新的人的产生。这里，莆理契以及法捷耶夫自己用的俄文字眼，是一个普通的"人"字的单数。不但不是人类，而且不是"人"字的复数。这意思是指着革命，国内战争……的过程之中产生着一种新式的人，一种新的"路数"（Type）——文雅的译法叫做典型，这是在全部《毁灭》里面看得出来的。现在，你的译文，写着"人类"。莱奋生渴望着一种新的……人类。这可以误会到另外一个主题。仿佛是一般的渴望着整个的社会主义的社会。而事实上，《毁灭》的"新人"，是当前的战斗的迫切的任务：在斗争过程之中去创造，去锻炼，去改造成一种新式的人物，和木罗式加，美谛克……等等不同的人物。这可是现在的人，是一些人，是做群众之中的骨干的人，而不是一般的人类，不是笼统的人类，正是群众之中的一些人，领导的人，新的整个人类的先辈。

这一点是值得特别提出来说的。当然，译文的错误，仅仅是一个字眼上的错误："人"是一个字眼，"人类"是另外一个字眼。整本的书仍旧在我们面前，你的后记也很正确的了解到《毁灭》的主题。可是翻译要精确，就应当估量每一个字眼。

《毁灭》的出版，始终是值得纪念的。我庆祝你。希望你考虑我的意见，而对于翻译问题，对于一般的言语革命问题，开始一个新的斗争。

J.K.　一九三一，十二，五。

回信

敬爱的 J.K. 同志：

看见你那关于翻译的信以后，使我非常高兴。从去年的翻译洪水泛滥以来，使许多人攒眉叹气，甚而至于讲冷话。我也是一个偶而译书的人，本来应该说几句话的，然而至今没有开过口。"强聒不舍"虽然是勇壮的行为，但我所奉行的，却是"不可与言而与之言，失言"这一句古老话。况且前来的大抵是纸人纸马，说得耳熟一点，那便是"阴兵"，实在是也无从迎头痛击。就拿赵景深教授老爷来做例子罢，他一面专门攻击科学的文艺论译本之不通，指明被压迫的作家匿名之可笑，一面却又大发慈悲，说是这样的译本，恐怕大众不懂得。好像他倒天天在替大众计划方法，别的译者来搅乱了他的阵势似的。这正如俄国革命以后，欧美的富家奴去看了一看，回来就摇头皱脸，做出文章，慨叹着工农还在怎样吃苦，怎样忍饥，说得满纸凄凄惨惨。仿佛惟有他却是极希望一个筋斗，工农就都住王宫，吃大菜，躺安乐椅子享福的人。谁料还是苦，所以俄国不行了，革命不好了，阿呀阿呀了，可恶之极了。对着这样的哭丧脸，你同他说什么呢？假如觉得讨厌，我想，只要拿指头轻轻的在那纸糊架子上挖一个窟窿就可以了。

赵老爷评论翻译，拉了严又陵，并且替他叫屈，于是累得他在你的信里也挨了一顿骂。但由我看来，这是冤枉的，严老爷和赵老爷，在实际上，有虎狗之差。极明显的例子，是严又陵为要译书，曾经查过汉晋六朝翻译佛经的方法，赵老爷引严又陵为地下知己，却没有看这严又陵所译的书。现在严译的书都出版了，虽然没有什么意义，但他所用的工夫，却从中可以查考。据我所记得，译得最费力，也令人看起来最吃力的，是《穆勒名学》和《群己权界论》的一篇作者自序，其次就是这论，后来不知怎地又改称为《权界》，连书名也很费解了。最好懂的自然是《天演论》，桐城气息十足，连字的平仄也都留心，摇头晃脑的读起来，真是音调铿锵，使人不自觉其头晕。这一点竟感动了桐城派老头子吴汝纶，不禁说是"足与周秦诸子相上下"了。然而严又陵自己却知道这太"达"的译法是不对的，所以他不称为"翻译"，而写作"侯官严复达恉"；序例上发了一通"信达雅"之类的议论之后，结末却声明道："什法师云，'学我者病'。来者方多，慎勿以是书为口实也！"好像他在四十年前，便料到会有赵老爷来谬托知己，早已毛骨悚然一样。仅仅这一点，我就要说，严赵两大师，实有虎狗之差，不能相提并论的。

那么，他为什么要干这一手把戏呢？答案是：那时的留学生没有现在这么阔气，社会上大抵以为西洋人只会做机器——尤其是自鸣钟——留学生只会讲鬼子话，所以算不了"士"人的。因此他便来铿锵一下子，铿锵得吴汝纶也肯给他作序，这一序，别的生意也就源源而来了，于是有《名学》，有《法意》，有《原富》等等。但他后来的译本，看得"信"比"达雅"都重一些。

他的翻译，实在是汉唐译经历史的缩图。中国之译佛经，汉末质直，他没有取法。六朝真是"达"而"雅"了，他的《天演论》的模范就在此。唐则以"信"为主，粗粗一看，简直是不能懂的，这就仿佛他后来的译书。译经的简单的标本，有金陵刻经处汇印的三种译本《大乘起信论》，也是赵老爷的一个死对头。

但我想，我们的译书，还不能这样简单，首先要决定译给大众中的怎样的读者。将这些大众，粗粗的分起来：甲，有很受了教育的；乙，有略能识字的；丙，有识字无几的。而其中的丙，则在"读者”的范围之外，启发他们是图画，演讲，戏剧，电影的任务，在这里可以不论。但就是甲乙两种，也不能用同样的书籍，应该各有供给阅读的相当的书。供给乙的，还不能用翻译，至少是改作，最好还是创作，而这创作又必须并不只在配合读者的胃口，讨好了，读的多就够。至于供给甲类的读者的译本，无论什么，我是至今主张“宁信而不顺”的。自然，这所谓“不顺”，决不是说“跪下”要译作“跪在膝之上”，“天河”要译作“牛奶路”的意思，乃是说，不妨不像吃茶淘饭一样几口可以咽完，却必须费牙来嚼一嚼。这里就来了一个问题：为什么不完全中国化，给读者省些力气呢？这样费解，怎样还可以称为翻译呢？我的答案是：这也是译本。这样的译本，不但在输入新的内容，也在输入新的表现法。中国的文或话，法子实在太不精密了，作文的秘诀，是在避去熟字，删掉虚字，就是好文章，讲话的时候，也时时要辞不达意，这就是话不够用，所以教员讲书，也必须借助于粉笔。这语法的不精密，就在证明思路的不精密，换一句话，就是脑筋有些胡涂。倘若永远用着胡涂话，即使读的时候，滔滔而下，但归根结蒂，所得的还是一个胡涂的影子。要医这病，我以为只好陆续吃一点苦，装进异样的句法去，古的，外省外府的，外国的，后来便可以据为己有。这并不是空想的事情。远的例子，如日本，他们的文章里，欧化的语法是极平常的了，和梁启超做《和文汉读法》时代，大不相同；近的例子，就如来信所说，一九二五年曾给群众造出过“罢工”这一个字眼，这字眼虽然未曾有过，然而大众已都懂得了。

我还以为即便为乙类读者而译的书，也应该时常加些新的字眼，新的语法在里面，但自然不宜太多，以偶尔遇见，而想一想，或问一问就能懂得为度。必须这样，群众的言语才能够丰富起来。

什么人全都懂得的书，现在是不会有的，只有佛教徒的"唵"字，据说是"人人能解"，但可惜又是"解各不同"。就是数学或化学书，里面何尝没有许多"术语"之类，为赵老爷所不懂，然而赵老爷并不提及者，太记得了严又陵之故也。

说到翻译文艺，倘以甲类读者为对象，我是也主张直译的。我自己的译法，是譬如"山背后太阳落下去了"，虽然不顺，也决不改作"日落山阴"，因为原意以山为主，改了就变成太阳为主了。虽然创作，我以为作者也得加以这样的区别。一面尽量的输入，一面尽量的消化，吸收，可用的传下去了，渣滓就听他剩落在过去里。所以在现在容忍"多少的不顺"，倒并不能算"防守"，其实也还是一种的"进攻"。在现在民众口头上的话，那不错，都是"顺"的，但为民众口头上的话搜集来的话胚，其实也还是要顺的，因此我也是主张容忍"不顺"的一个。

但这情形也当然不是永远的，其中的一部分，将从"不顺"而成为"顺"，有一部分，则因为到底"不顺"而被淘汰，被踢开。这最要紧的是我们自己的批判。如来信所举的译例，我都可以承认比我译得更"达"，也可推定并且更"信"，对于译者和读者，都有很大的益处。不过这些只能使甲类的读者懂得，于乙类的读者是太艰深的。由此也可见现在必须区别了种种的读者层，有种种的译作。

为乙类读者译作的方法，我没有细想过，此刻说不出什么来。但就大体看来，现在也还不能和口语——各处各种的土话——合一，只能成为一种特别的白话，或限于某一地方的白话。后一种，某一地方以外的读者就看不懂了，要它分布较广，势必至于要用前一种，但因此也就仍然成为特别的白话，文言的分子也多起来。我是反对用太限于一处的方言的，例如小说中常见的"别闹""别说"等类罢，假使我没有到过北京，我一定解作"另外捣乱""另外去说"的意思，实在远不如较近文言的"不要"来得容易了然，这样的只在一处活着的口语，倘不是万不得已，也应该回避的。还有章回体小说中的笔法，即使眼熟，也不必尽是采用，例如"林冲笑道：原来，你认得。"和"原来，你认得。——林冲笑着说。"这两条，后一例虽然看去有些洋气，其实我们讲话的时候倒常用，听得"耳熟"的。但中国人对于小说是看的，所以还是前一例觉得"眼熟"，在书上遇见后一例的笔法，反而好像生疏了。没有法子，现在只好采说书而去其油滑，听闲谈而去其散漫，博取民众的口语而存其比较的大家能懂的字句，成为四不像的白话。这白话得是活的，活的缘故，就因为有些是从活的民众的口头取来，有些是要从此注入活的民众里面去。

临末，我很感谢你信末所举的两个例子。一，我将"……甚至于比自己还要亲近"译成"较之自己较之别人，还要亲近的人们"，是直译德日两种译本的说法的。这恐怕因为他们的语法中，没有像"甚至于"这样能够简单而确切地表现这口气的字眼的缘故，转几个弯，就成为这么拙笨了。二，将"新的……人"的"人"字译成"人类"，那是我的错误，是太穿凿了之后的错误。莱奋生望见的打麦场上的人，他要造他们成为目前的战斗的人物，我是看得很清楚的，但当他默想"新的……人"的时候，却也很使我默想了好久：（一）"人"的原文，日译本是"人间"，德译本是"Mensch"，都是单数，但有时也可作"人们"解；（二）他在目前就想有"新的极好的有力量的慈善的人"，希望似乎太奢，太空了。我于是想到他的出身，是商人的孩子，是智识分子，由此猜测他的战斗，是为了经过阶级斗争之后的无阶级社会，于是就将他所设想的目前的人，跟着我的主观的错误，搬往将来，并且成为"人们"——人类了。在你未曾指出之前，我还自以为这见解是很高明的哩，这是必须对于读者，赶紧声明改正的。

总之，今年总算将这一部纪念碑的小说，送在这里的读者们的面前了。译的时候和印的时候，颇经过了不少艰难，现在倒也退出了记忆的圈外去，但我真如你来信所说那样，就像亲生的儿子一般爱他，并且由他想到儿子的儿子。还有《铁流》，我也很喜欢。这两部小说，虽然粗制，却并非滥造，铁的人物和血的战斗，实在够使描写多愁善病的才子和千娇百媚的佳人的所谓"美文"，在这面前淡到毫无踪影。不过我也和你的意思一样，以为这只是一点小小的胜利，所以也很希望多人合力的更来绍介，至少在后三年内，有关于内战时代和建设时代的纪念碑的文学书八种至十种，此外更译几种虽然往往被称为无产者文学，然而还不免含有小资产阶级的偏见（如巴比塞）和基督教社会主义的偏见（如辛克莱）的代表作，加上了分析和严正的批评，好在那里，坏在那里，以备对比参考之用，那么，不但读者的见解，可以一天一天的分明起来，就是新的创作家，也得了正确的师范了。

鲁迅　一九三一，十二，二八。

题注：

本篇是鲁迅和瞿秋白的通信，最初以《答 J.K. 论翻译》（J.K. 是瞿秋白的笔名）为题发表于《文学月报》第一卷第一号（1932 年 6 月）。收入《二心集》。1931 年 11 月间，鲁迅参照德英两种译文翻译的苏联法捷耶夫的小说《毁灭》出版。同年 12 月 5 日瞿秋白在对照俄文原著校读后，给鲁迅写了一封长达 6000 字的长信，指出翻译《毁灭》的意义并讨论翻译上的问题。鲁迅收到信后，十分高兴，把这封信以《论翻译》为题，发表在"左联"的机关刊物《十字街头》1931 年 12 月 11 日、25 日第一、二期上。11 月 28 日，鲁迅写信给瞿秋白，就翻译和语文改革问题进行了回应和讨论。

《〈铁流〉图》特价告白

当本书刚已装成的时候，才得译者来信并木刻《铁流》图像的原版印本，是终于找到这位版画大家 Piskarev 了。并承作者好意，不收画价，仅欲得中国纸张，以作印刷木刻之用。惜得到迟了一点，不及印入书中，现拟用锌版复制单片，计四小幅（其一已见于书面，但仍另印）为一套，于明年正月底出版，对于购读本书者，只收制印及纸费大洋一角。倘欲并看插图的读者，可届时持特价券至代售处购取。无券者每份售价二角二分，又将专为研究美术者印玻璃版本二百五十部。价未定。

一九三一年十二月八日，三闲书屋谨启。

题注：

本篇最初印于木刻《〈铁流〉图》的"特价券"背面。初未收集。

三闲书屋印行文艺书籍

敝书屋因为对于现在出版界的堕落和滑头，有些不满足，所以凑了三个有闲，一千资本，来认真绍介诚实的译作，有益的画本，货真价实，童叟无欺。宁可折本关门，决不偷工减料。买主拿出钱来，拿了书去，没有意外的奖品，没有特别的花头，然而也不至于归根结蒂的上当。编辑并无名人挂名，校印却请老手动手。因为敝书屋是讲实在，不讲耍玩意儿的。现在已出的是：

毁灭　A.法捷耶夫作。是一部罗曼小说，叙述一百五十个袭击队员，其中有农民，有牧人，有矿工，有智识阶级，在西伯利亚和科尔却克军及日本军战斗，终至于只剩了十九人。描写战争的壮烈，大森林的风景，得未曾有。鲁迅曾从日文本译出，登载月刊，只有一半，而读者已称赞为佳作。今更据德英两种译本校改，并译成全文，上加作者自传，序文，末附后记，且有插画六幅，三色版作者画像一幅。道林纸精印，页数约三百页。实价大洋一元二角。

铁流　A.绥拉菲摩维支作。内叙一支像铁的奔流一般的民军，通过高山峻岭，和主力军相联合。路上所遇到的是强敌，是饥饿，是大风雨，是死。然而通过去了。意识分明，笔力坚锐，是一部纪念碑的作品，批评家多称之为"史诗"。现由曹靖华从原文译出，前后附有作者自传，论文，涅拉陀夫的长序和详注，作者特为中国译本而作的注解。卷首有三色版作者画像一幅，卷中有作者照相及笔迹各一幅，书中主角的照相两幅，地图一幅，三色版印法棱支画"铁流图"一幅。道林纸精印，页数三百四十页。实价大洋一元四角。

士敏土之图　革拉特珂夫的小说《士敏土》，中国早有译本，可以无须多说了。德国的青年艺术家梅斐尔德，就取这故事做了材料，刻成木版画十大幅，黑白相映，栩栩如生，而且简朴雄劲，决非描头画角的美术家所能望其项背。现从全中国只有一组之原版印本，用玻璃版复制二百五十部，版心大至一英尺余，用夹层宣纸印刷，中国式装。出版以来，在日本及德国，皆得佳评，今已仅存叁十本。每本实价大洋式元。

代售处：内山书店

（上海北四川路底施高塔路口）

题注：

本篇为单篇广告，约写于 1931 年。初未收集。

再来一条"顺"的翻译

这"顺"的翻译出现的时候，是很久远了；而且是大文学家和大翻译理论家，谁都不屑注意的。但因为偶然在我所搜集的"顺译模范文大成"稿本里，翻到了这一条，所以就再来一下子。

却说这一条，是出在中华民国十九年八月三日的《时报》里的，在头号字的《针穿两手……》这一个题目之下，做着这样的文章：

> "被共党捉去以钱赎出由长沙逃出之中国商人，与从者二名，于昨日避难到汉，彼等主仆，均鲜血淋漓，语其友人曰，长沙有为共党作侦探者，故多数之资产阶级，于廿九日晨被捕，予等系于廿八夜捕去者，即以针穿手，以秤秤之，言时出其两手，解布以示其所穿之穴，尚鲜血淋漓。……（汉口二日电通电）"

这自然是"顺"的，虽然略一留心，即容或会有多少可疑之点。譬如罢，其一，主人是资产阶级，当然要"鲜血淋漓"的了，二仆大概总是穷人，为什么也要一同"鲜血淋漓"的呢？其二，"以针穿手，以秤秤之"干什么，莫非要照斤两来定罪名么？但是，虽然如此，文章也还是"顺"的，因为在社会上，本来说得共党的行为是古里古怪；况且只要看过《玉历钞传》，就都知道十殿阎王的某一殿里，有用天秤来秤犯人的办法，所以"以秤秤之"，也还是毫不足奇。只有秤的时候，不用称钩而用"针"，却似乎有些特别罢了。

幸而，我在同日的一种日本文报纸《上海日报》上，也偶然见到了电通社的同一的电报，这才明白《时报》是因为译者不拘拘于"硬译"，而又要"顺"，所以有些不"信"了。倘若译得"信而不顺"一点，大略是应该这样的：

> "……彼等主仆，将为恐怖和鲜血所渲染之经验谈，语该地之中国人曰，共产军中，有熟悉长沙之情形者，……予等系于廿八日之半夜被捕，拉去之时，则在腕上刺孔，穿以铁丝，数人或数十人为一串。言时即以包着沁血之布片之手示之……"

这才分明知道，"鲜血淋漓"的并非"彼等主仆"，乃是他们的"经验谈"，两位仆人，手上实在并没有一个洞。穿手的东西，日本文虽然写作"针金"，但译起来须是"铁丝"，不是"针"，针是做衣服的。至于"以秤秤之"，却连影子也没有。

我们的"友邦"好友，顶喜欢宣传中国的古怪事情，尤其是"共党"的；四年以前，将"裸体游行"说得像煞有介事，于是中国人也跟着叫了好几个月。其实是，警察用铁丝穿了殖民地的革命党的手，一串一串的牵去，是所谓"文明"国民的行为，中国人还没有知道这方法，铁丝也不是农业社会的产品。从唐到宋，因为迷信，对于"妖人"虽然曾有用铁索穿了锁骨，以防变化的法子，但久已不用，知道的人也几乎没有了。文明国人将自己们所用的文明方法，硬栽到中国

166

来，不料中国人却还没有这样文明，连上海的翻译家也不懂，偏不用铁丝来穿，就只照阎罗殿上的办法，"秤"了一下完事。

造谣的和帮助造谣的，一下子都显出本相来了。

题注：

本篇最初发表于《北斗》第二卷第一期（1932 年 1 月 20 日），署名长庚。收入《二心集》。1927 年 4 月 12 日的《顺天时报》刊登过一条题为《打破羞耻》的新闻。1930 年 8 月 3 日《时报》上的一篇题为《针穿两手……》的文章，是转译同日的日文报纸《上海日报》，译者为了顺，导致错误百出。鲁迅指出这些新闻都是在转译中犯了"宁顺而不信"的毛病，使真相变形，借此揭露了媒体对所谓"共产党暴行"的不可信。

《竖琴》前记

俄国的文学，从尼古拉斯二世时候以来，就是"为人生"的，无论它的主意是在探究，或在解决，或者堕入神秘，沦于颓唐，而其主流还是一个：为人生。

这一种思想，在大约二十年前即与中国一部分的文艺绍介者合流，陀思妥夫斯基，都介涅夫，契诃夫，托尔斯泰之名，渐渐出现于文字上，并且陆续翻译了他们的一些作品，那时组织的介绍"被压迫民族文学"的是上海的文学研究会，也将他们算作为被压迫者而呼号的作家的。

凡这些，离无产者文学本来还很远，所以凡所绍介的作品，自然大抵是叫唤，呻吟，困穷，酸辛，至多，也不过是一点挣扎。

但已经使又一部分人很不高兴了，就招来了两标军马的围剿。创造社竖起了"为艺术的艺术"的大旗，喊着"自我表现"的口号，要用波斯诗人的酒杯，"黄书"文士的手杖，将这些"庸俗"打平。还有一标是那些受过了英国的小说在供绅士淑女的欣赏，美国的小说家在迎合读者的心思这些"文艺理论"的洗礼而回来的，一听到下层社会的叫唤和呻吟，就使他们眉头百结，扬起了带着白手套的纤手，挥斥道：这些下流都从"艺术之宫"里滚出去！

而且中国原来还有着一标布满全国的旧式的军马，这就是以小说为"闲书"的人们。小说，是供"看官"们茶余酒后的消遣之用的，所以要优雅，超逸，万不可使读者不欢，打断他消闲的雅兴。此说虽古，但却与英美时行的小说论合流，于是这三标新旧的大军，就不约而同的来痛剿了"为人生的文学"——俄国文学。

然而还是有着不少共鸣的人们，所以它在中国仍然是宛转曲折的生长着。

但它在本土，却突然凋零下去了。在这以前，原有许多作者企望着转变的，而十月革命的到来，却给了他们一个意外的莫大的打击。于是有梅垒什珂夫斯基夫妇（D.S.Merezhikovski i Z.N.Hippius），库普林（A.I.Kuprin），蒲宁（I.A.Bunin），安特来夫（L.N.Andreev）之流的逃亡，阿尔志跋绥夫（M.P.Artzybashev），梭罗古勃（Fiodor Sologub）之流的沉默，旧作家的还在活动者，只剩了勃留梭夫（Valeri Briusov），惠垒赛耶夫（V.Veresaiev），戈理基（Maxim Gorki），玛亚珂夫斯基（V.V.Mayakovski）这几个人，到后来，还回来了一个亚历舍·托尔斯泰（Aleksei N.Tolstoi）。此外也没有什么显著的新起的人物，在国内战争和列强封锁中的文苑，是只见萎谢和荒凉了。

至一九二〇年顷，新经济政策实行了，造纸，印刷，出版等项事业的勃兴，也帮助了文艺的复活，这时的最重要的枢纽，是一个文学团体"绥拉比翁的兄弟们"（Serapionsbrüder）。

这一派的出现，表面上是始于二一年二月一日，在列宁格勒"艺术府"里的第一回集会的，加盟者大抵是年青的文人，那立场是在一切立场的否定。淑雪兼珂说过："从党人的观点看起来，我是没有宗旨的人物。这不很好么？自己说起自己来，则我既不是共产主义者，也不是社会革命党员，也不是帝制主义者。我只是一个俄国人，而且对于政治，是没有操持的。大概和我最相近的，是布尔塞维克，和他们一同布尔塞维克化，我是赞成的。……但我爱农民的俄国。"这就很明白的说出了他们的立场。

但在那时，这一个文学团体的出现，却确是一种惊异，不久就几乎席卷了全国的文坛。在苏联中，这样的非苏维埃的文学的勃兴，是很足以令人奇怪的。然而理由很简单：当时的革命者，正忙于实行，惟有这些青年文人发表了较为优秀的作品者其一；他们虽非革命者，而身历了铁和火的试练，所以凡所描写的恐怖和战栗，兴奋和感激，易得读者的共鸣者其二；其三，则当时指挥文学界的瓦浪斯基，是很给他们支持的。托罗茨基也是支持者之一，称之为"同路人"。同路人者，谓因革命中所含有的英雄主义而接受革命，一同前行，但并无彻底为革命而斗争，虽死不惜的信念，仅是一时同道的伴侣罢了。这名称，由那时一直使用到现在。

然而，单说是"爱文学"而没有明确的观念形态的徽帜的"绥拉比翁的兄弟们"，也终于逐渐失掉了作为团体的存在的意义，始于涣散，继以消亡，后来就和别的同路人们一样，各各由他个人的才力，受着文学上的评价了。

在四五年以前，中国又曾盛大的绍介了苏联文学，然而就是这同路人的作品居多。这也是无足异的。一者，此种文学的兴起较为在先，颇为西欧及日本所赏赞和介绍，给中国也得了不少转译的机缘；二者，恐怕也还是这种没有立场的立场，反而易得介绍者的赏识之故了，虽然他自以为是"革命文学者"。

我向来是想介绍东欧文学的一个人，也曾译过几篇同路人作品，现在就合了十个人的短篇为一集，其中的三篇，是别人的翻译，我相信为很可靠的。可惜的是限于篇幅，不能将有名的作家全都收罗在内，使这本书较为完善，但我相信曹靖华君的《烟袋》和《四十一》，是可以补这缺陷的。

至于各个作者的略传，和各篇作品的翻译或重译的来源，都写在卷末的《后记》里，读者倘有兴致，自去翻检就是了。

一九三二年九月九日，鲁迅记于上海。

题注：

本文最初收入上海良友图书公司出版的《竖琴》（1933年1月）。收入《南腔北调集》。《竖琴》，鲁迅编译的苏联短篇小说集，共收札弥亚丁《洞窟》、淑雪兼珂《老耗子》、伦支《在沙漠上》、斐定《果树园》、雅各武莱夫《穷苦的人们》、理定《竖琴》、左祝黎《亚克与人性》、拉甫列涅夫《星花》（曹靖华译）、英倍尔《拉拉的利益》、凯泰耶夫《"物事"》（柔石译）小说10篇。这些大多是所谓"同路人"作品。之前还有曹靖华所译爱伦堡等的小说集《烟袋》（1928年北京未名社出版）和拉甫列涅夫中篇小说《第四十一》（北京未名社1929年出版）。十月革命后，一部分"同路人"作家逃亡国外。梅列日科夫斯基（梅垒什珂夫斯基）及其妻吉皮乌斯、库普林和蒲宁相继逃亡法国，安特来夫（安德烈夫）逃往芬兰。

《竖琴》后记

札弥亚丁（Evgenii Zamiatin）生于一八八四年，是造船专家，俄国的最大的碎冰船"列宁"，就是他的劳作。在文学上，革命前就已有名，进了大家之列，当革命的内战时期，他还借"艺术府""文人府"的演坛为发表机关，朗读自己的作品，并且是"绥拉比翁的兄弟们"的组织者和指导者，于文学是颇为尽力的。革命前原是布尔塞维克，后遂脱离，而一切作品，也终于不脱旧智识阶级所特有的怀疑和冷笑底态度，现在已经被看作反动的作家，很少有发表作品的机会了。

《洞窟》是从米川正夫的《劳农露西亚小说集》译出的，并参用尾濑敬止的《艺术战线》里所载的译本。说的是饥饿的彼得堡一隅的居民，苦于饥寒，几乎失了思想的能力，一面变成无能的微弱的生物，一面显出原始的野蛮时代的状态来。为病妇而偷柴的男人，终于只得将毒药让给她，听她服毒，这是革命中的无能者的一点小悲剧。写法虽然好像很晦涩，但仔细一看，是极其明白的。关于十月革命开初的饥饿的作品，中国已经译过好几篇了，而这是关于"冻"的一篇好作品。

淑雪兼珂（Mihail Zoshchenko）也是最初的"绥拉比翁的兄弟们"之一员，他有一篇很短的自传，说：

"我于一八九五年生在波尔泰瓦。父亲是美术家，出身贵族。一九一三年毕业古典中学，入彼得堡大学的法科，未毕业。一九一五年当了义勇军向战线去了，受了伤，还被毒瓦斯所害，心有点异样，做了参谋大尉。一九一八年，当了义勇兵，加入赤军，一九一九年以第一名成绩回籍。一九二一年从事文学了。我的处女作，于一九二一年登在《彼得堡年报》上。"

但他的作品总是滑稽的居多，往往使人觉得太过于轻巧。在欧美，也有一部分爱好的人，所以译出的颇不少。这一篇《老耗子》是柔石从《俄国短篇小说杰作集》（Great Russian Short Stories）里译过来的，柴林（Leonide Zarine）原译，因为那时是在豫备《朝华旬刊》的材料，所以选着短篇中的短篇。但这也就是淑雪兼珂作品的标本，见一斑可推全豹的。

伦支（Lev Lunz）的《在沙漠上》，也出于米川正夫的《劳农露西亚小说集》，原译者还在卷末写有一段说明，如下：

"在青年的'绥拉比翁的兄弟们'之中，最年少的可爱的作家莱夫·伦支，为病魔所苦者将近一年，但至一九二四年五月，终于在汉堡的病院里长逝了。享年仅二十二。当刚才跨出人生的第一步，创作方面也将自此从事于真切的工作之际，虽有丰饶的天禀，竟不遑很得秋实而去世，在俄国文学，是可以说，殊非微

173

细的损失的。伦支是充满着光明和欢喜和活泼的力的少年，常常驱除朋友们的沉滞和忧郁和疲劳，当绝望的瞬息中，灌进力量和希望去，而振起新的勇气来的'杠杆'。别的'绥拉比翁的兄弟们'一接他的讣报，便悲泣如失同胞，是不为无故的。

"性情如此的他，在文学上也力斥那旧时代俄国文学特色的沉重的忧郁的静底的倾向，而于适合现代生活基调的动底的突进态度，加以张扬。因此他埋头于研究仲马和司谛芬生，竭力要领悟那传奇底，冒险底的作风的真髓，而发见和新的时代精神的合致点。此外，则西班牙的骑士故事，法兰西的乐剧，也是他的热心研究的对象。'动'的主张者伦支，较之小说，倒在戏剧方面觉得更所加意。因为小说的本来的性质就属于'静'，而戏剧是和这相反的……

"《在沙漠上》是伦支十九岁时之作，是从《旧约》的《出埃及记》里，提出和初革命后的俄国相共通的意义来，将圣书中的话和现代的话，巧施调和，用了有弹力的暗示底的文体，加以表现的。凡这些处所，我相信，都足以窥见他的不平常的才气。"

然而这些话似乎不免有些偏爱，据珂刚教授说，则伦支是"在一九二一年二月的最伟大的法规制定期，登记期，兵营整理期中，逃进'绥拉比翁的兄弟们'的自由的怀抱里去的。"那么，假使尚在，现在也决不能再是那时的伦支了。至于本篇的取材，则上半虽在《出埃及记》，而后来所用的却是《民数记》，见第二十五章，杀掉的女人就是米甸族首领苏甸的女儿哥斯比。篇末所写的神，大概便是作者所看见的俄国初革命后的精神，但我们也不要忘却这观察者是"绥拉比翁的兄弟们"中的青年，时候是革命后不多久。现今的无产作家的作品，已只是一意赞美工作，属望将来，和那色黑而多须的真的神，面目全不相像了。

《果树园》是一九一九至二十年之间所作，出处与前篇同，这里并仍录原译者的话：

"斐定（Konstantin Fedin）也是'绥拉比翁的兄弟们'中之一人，是自从将短篇寄给一九二二年所举行的'文人府'的悬赏竞技，获得首选的荣冠以来，骤然出名的体面的作者。他的经历也和几乎一切的劳动作家一样，是颇富于变化的。故乡和雅各武莱夫同是萨拉妥夫（Saratov）的伏尔迦（Volga）河畔，家庭是不富裕的商家。生长于古老的果园，渔夫的小屋，纤夫的歌曲那样的诗底的环境的他，一早就表示了艺术底倾向，但那倾向，是先出现于音乐方面的。他善奏环亚林，巧于歌唱，常常出演于各处的音乐会。他既有这样的艺术的天禀，则不适应商家的空气，正是当然的事。十四岁时（一九〇四年），曾经典质了爱用的乐器，离了家，往彼得堡去，后来得到父亲的许可，可以上京苦学了。世界大战前，为研究语学起见，便往德国，幸有天生的音乐的才能，所以一面做着舞蹈会的环亚林弹奏人之类，继续着他的修学。

"世界大战起，斐定也受了侦探的嫌疑，被监视了。当这时候，为消遣无聊计，便学学画，或则到村市的剧场去，作为歌剧的合唱队的一员。他的生活，虽然物质底地穷蹙，但大体是藏在艺术这'象牙之塔'里，守御着实际生活的粗糙的刺戟的，但到革命后，回到俄国，却不能不立刻受火和血的洗礼了。他便成为共产党员，从事于煽动的演说，或做日报的编辑，或做执委的秘书，或自率赤军，往来于硝烟里。这对于他之为人的完成，自然有着伟大的贡献，连他自己，也称这时期为生涯中的 Pathos（感奋）的。

"斐定是有着纤细优美的作风的作者，在劳农俄国的作者们里，是最像艺术家的艺术家（但在这文字的最普通的意义上）。只要看他作品中最有名的《果树园》，也可以一眼便看见这特色。这篇是在'文人府'的悬赏时，列为一等的他的出山之作，描写那古老的美的传统渐就灭亡，代以粗野的新事物这一种人生永远的悲剧的。题目虽然是绝望底，而充满着像看水彩画一般的美丽明朗的色彩和绰约的抒情味（Lyricism）。加以并不令人感到矛盾缺陷，却酿出特种的调和，有力量将读者拉进那世界里面去，只这一点，就证明着作者的才能的非凡。

"此外，他的作品中，有名的还有中篇《Anna Timovna》"。

后二年，他又作了《都市与年》的长篇，遂被称为第一流的大匠，但至一九二八年，第二种长篇《兄弟》出版，却因为颇多对于艺术至上主义与个人主义的赞颂，又很受批评家的责难了。这一短篇，倘使作于现在，是决不至于脍炙人口的；中国亦已有靖华的译本，收在《烟袋》中，本可无需再录，但一者因为可以见苏联文学那时的情形，二则我的译本，成后又用《新兴文学全集》卷二十三中的横泽芳人译本细加参校，于字句似略有所长，便又不忍舍弃，仍旧收在这里了。

雅各武莱夫（Aleksandr Yakovlev）以一八八六年生于做漆匠的父亲的家里，本家全都是农夫，能够执笔写字的，全族中他是第一个。

在宗教的氛围气中长大；而终于独立生活，旅行，入狱，进了大学。十月革命后，经过了多时的苦闷，在文学上见了救星，为"绥拉比翁的兄弟们"之一个，自传云："俄罗斯和人类和人性，已成为我的新的宗教了。"

从他毕业于彼得堡大学这端说，是智识分子，但他的本质，却纯是农民底，宗教底的。他的艺术的基调，是博爱和良心，而认农民为人类正义和良心的保持者，且以为惟有农民，是真将全世界联结于友爱的精神的。这篇《穷苦的人们》，从《近代短篇小说集》中八住利雄的译本重译，所发挥的自然也是人们互相救助爱抚的精神，就是作者所信仰的"人性"，然而还是幻想的产物。别有一种中篇《十月》，是被称为显示着较前进的观念形态的作品的，虽然所描写的大抵是游移和后悔，没有一个铁似的革命者在内，但恐怕是因为不远于事实的缘故罢，至今还有阅读的人们。我也曾于前年译给一家书店，但至今没有印。

理定（Vladimir Lidin）是一八九四年二月三日，生于墨斯科的。七岁，入拉赛列夫斯基东方语学院；十四岁丧父，就营独立生活，到一九一一年毕业，夏秋两季，在森林中过活了几年，欧洲大战时候，由墨斯科大学毕业，赴西部战线；十月革命时是在赤军中及西伯利亚和墨斯科；后来常旅行于外国。

他的作品正式的出版，在一九一五年，因为是大学毕业的，所以是智识阶级作家，也是"同路人"，但读者颇多，算是一个较为出色的作者。这原是短篇小说集《往日的故事》中的一篇，从村田春海译本重译的。时候是十月革命后到次年三月，约半年；事情是一个犹太人因为不堪在故乡的迫害和虐杀，到墨斯科去寻正义，然而止有饥饿，待回来时，故家已经充公，自己也下了狱了。就以这人为中心，用简洁的蕴藉的文章，画出着革命俄国的最初时候的周围的生活。

原译本印在《新兴文学全集》第二十四卷里，有几个脱印的字，现在看上下文义补上了，自己不知道有无错误。另有两个×，却原来如此，大约是"示威"，"杀戮"这些字样罢，没有补。又因为希图易懂，另外加添了几个字，为原译本所无，则都用括弧作记。至于黑鸡来啄等等，乃是生了伤寒，发热时所见的幻象，不是"智识阶级"作家，作品里大概不至于有这样的玩意儿的——理定在自传中说，他年青时，曾很受契诃夫的影响。

左祝黎（Efim Sosulia）生于一八九一年，是墨斯科一个小商人的儿子。他的少年时代大抵过在工业都市罗持（Lodz）里。一九〇五年，因为和几个大暴动的指导者的个人的交情，被捕系狱者很长久。释放之后，想到美洲去，便学"国际的手艺"，就是学成了招牌画工和漆匠。十九岁时，他发表了最初的杰出的小说。此后便先在阿兑塞，后在列宁格勒做文艺栏的记者，通信员和编辑人。他的擅长之处，是简短的，奇特的（Groteske）散文作品。

《亚克与人性》从《新俄新小说家三十人集》（Dreissig neue Erzahler des neuen Russland）译出，原译者是荷涅克（Erwin Honig）。从表面上看起来，也是一篇"奇特的"作品，但其中充满着怀疑和失望，虽然穿上许多讽刺的衣裳，也还是一点都遮掩不过去，和确信农民的雅各武莱夫所见的"人性"，完全两样了。

听说这篇在中国已经有几种译本，是出于英文和法文的，可见西欧诸国，皆以此为作者的代表的作品。我只见过译载在《青年界》上的一篇，则与德译本很有些不同，所以我仍不将这一篇废弃。

拉甫列涅夫（Boris Lavrenev）于一八九二年生在南俄的一个小城里，家是一个半破落的家庭，虽然拮据，却还能竭力给他受很好的教育。从墨斯科大学毕业后，欧战已经开头，他便再入圣彼得堡的炮兵学校，受训练六月，上战线去了。革命后，他为铁甲车指挥官和乌克兰炮兵司令部参谋长，一九二四年退伍，住在列宁格勒，一直到现在。

他的文学活动，是一九一二年就开始的，中间为战争所阻止，直到二三年，才又盛行创作。小说制成影片，戏剧为剧场所开演，作品之被翻译者，几及十种国文；在中国有靖华译的《四十一》附《平常东西的故事》一本，在《未名丛刊》里。

这一个中篇《星花》，也是靖华所译，直接出于原文的。书叙一久被禁锢的妇女，爱一红军士兵，而终被其夫所杀害。所写的居民的风习和性质，土地的景色，士兵的朴诚，均极动人，令人非一气读完，不肯掩卷。然而和无产作者的作品，还是截然不同，看去就觉得教民和红军士兵，都一样是作品中的资材，写得一样地出色，并无偏倚。盖"同路人"者，乃是"决然的同情革命，描写革命，描写它的震撼世界的时代，描写它的社会主义建设的日子"（《四十一》卷首"作者传"中语）的，而自己究不是战斗到底的一员，所以见于笔墨，便只能偏以洗练的技术制胜了。将这样的"同路人"的最优秀之作，和无产作家的作品对比起来，仔细一看，足令读者得益不少。

英培尔（Vera Inber）以一八九三年生于阿兑塞。九岁已经做诗；在高等女学校的时候，曾想去做女伶。卒业后，研究哲学，历史，艺术史者两年，又旅行了好几次。她最初的著作是诗集，一九一二年出版于巴黎，至二五年才始来做散文，"受了狄更斯（Dickens），吉柏

179

龄（Kipling），缪塞（Musset），托尔斯泰，斯丹达尔（Stendhal），法兰斯，哈德（Bret Harte）等人的影响。"许多诗集之外，她还有几种小说集，少年小说，并一种自叙传的长篇小说，曰《太阳之下》，在德国已经有译本。

《拉拉的利益》也出于《新俄新小说家三十人集》中，原译者弗兰克（Elena Frank）。虽然只是一种小品，又有些失之夸张，但使新旧两代——母女与父子——相对照之处，是颇为巧妙的。

凯泰耶夫（Valentin Kataev）生于一八九七年，是一个阿兑塞的教员的儿子。一九一五年为师范学生时，已经发表了诗篇。欧洲大战起，以义勇兵赴西部战线，受伤了两回。俄国内战时，他在乌克兰，被红军及白军所拘禁者许多次。一九二二年以后，就住在墨斯科，出版了很多的小说，两部长篇，还有一种滑稽剧。

《物事》也是柔石的遗稿，出处和原译者，都与《老耗子》同。

这回所收集的资料中，"同路人"本来还有毕力涅克和绥甫林娜的作品，但因为纸数关系，都移到下一本去了。此外，有着世界的声名，而这里没有收录的，是伊凡诺夫（Vsevolod Ivanov），爱伦堡（Ilia Ehrenburg），巴培尔（Isack Babel），还有老作家如惠垒赛耶夫（V.Veresaev），普理希文（M.Prishvin），托尔斯泰（Aleksei Tolstoi）这些人。

一九三二年九月十日，编者。

题注：

本篇最初收入《竖琴》单行本，未另发表。初未收集。本篇对《竖琴》中小说的作者分别加以介绍。

"连环图画"辩护

我自己曾经有过这样一个小小的经验。有一天，在一处筵席上，我随便的说：用活动电影来教学生，一定比教员的讲义好，将来恐怕要变成这样的。话还没有说完，就埋葬在一阵哄笑里了。

自然，这话里，是埋伏着许多问题的，例如，首先第一，是用的是怎样的电影，倘用美国式的发财结婚故事的影片，那当然不行。但在我自己，却的确另外听过采用影片的细菌学讲义，见过全部照相，只有几句说明的植物学书。所以我深信不但生物学，就是历史地理，也可以这样办。

然而许多人的随便的哄笑，是一枝白粉笔，它能够将粉涂在对手的鼻子上，使他的话好像小丑的打诨。

前几天，我在《现代》上看见苏汶先生的文章，他以中立的文艺论者的立场，将"连环图画"一笔抹杀了。自然，那不过是随便提起的，并非讨论绘画的专门文字，然而在青年艺术学徒的心中，也许是一个重要的问题，所以我再来说几句。

我们看惯了绘画史的插图上，没有"连环图画"，名人的作品的展览会上，不是"罗马夕照"，就是"西湖晚凉"，便以为那是一种下等物事，不足以登"大雅之堂"的。但若走进意大利的教皇宫——我没有游历意大利的幸福，所走进的自然只是纸上的教皇宫——去，就能看见凡有伟大的壁画，几乎都是《旧约》，《耶稣传》，《圣者传》的连环图画，艺术史家截取其中的一段，制成版片，印在书上，题之曰《亚当的创造》,《最后之晚餐》，读者就不觉得这是下等，这是宣传了，然而那原画，却明明是宣传的连环图画。

在东方也一样。印度的阿强陀石窟，经英国人摹印了壁画以后，在艺术史上发光了；中国的《孔子圣迹图》，只要是明版的，也早为收藏家所宝重。这两样，一是佛陀的本生，一是孔子的事迹，明明是连环图画，而且是宣传。

书籍的插画，原意是在装饰书籍，增加读者的兴趣的，但那力量，能补助文字之所不及，所以也是一种宣传画。这种画的幅数极多的时候，即能只靠图像，悟到文字的内容，和文字一分开，也就成了独立的连环图画。最显著的例子是法国的陀莱（Gustave Doré），他是插图版画的名家，最有名的是《神曲》,《失乐园》,《吉诃德先生》，还有《十字军记》的插画，德国都有单印本（前二种在日本也有印本），只靠略解，即可以知道本书的梗概。然而有谁说陀莱不是艺术家呢？

宋人的《唐风图》和《耕织图》，现在还可找到印本和石刻；至于仇英的《飞燕外传图》和《会真记图》，则翻印本就在文明书局发卖的。凡这些，也都是当时和现在的艺术品。

自十九世纪后半以来，版画复兴了，许多作家，往往喜欢刻印一些以几幅画汇成一帖的"连作"（Blattfolge）。这些连作，也有并非一个事件的。现在为青年的艺术学徒计，我想写出几个版画史上已经有了地位的作家和有连续事实的作品在下面：

首先应该举出来的是德国的珂勒惠支（Käthe Kollwitz）夫人。她除了为霍普德曼的《织匠》（Die Weber）而刻的六幅版画外，还有三种，有题目，无说明——

一，《农民斗争》（Bauernkrieg），铜版七幅；

二，《战争》（Der Krieg），木刻七幅；

三，《无产者》（Proletariat），木刻三幅。

以《士敏土》的版画，为中国所知道的梅斐尔德（Carl Meffert），是一个新进的青年作家，他曾为德译本斐格纳尔的《猎俄皇记》（Die Jagd nach Zaren von Wera Figner）刻过五幅木版图，又有两种连作——

一，《你的姊妹》（Deine Schwester），木刻七幅，题诗一幅；

二，《养护的门徒》（原名未详），木刻十三幅。

比国有一个麦绥莱勒（Frans Masereel），是欧洲大战时候，像罗曼罗兰一样，因为非战而逃出过外国的。他的作品最多，都是一本书，只有书名，连小题目也没有。现在德国印出了普及版（Bei Kurt Wolff, München），每本三马克半，容易到手了。我所见过的是这几种——

一，《理想》（Die Idee），木刻八十三幅；

二，《我的祷告》（Mein Stundenbuch），木刻一百六十五幅；

三，《没字的故事》（Geschichte ohne Worte），木刻六十幅；

四，《太阳》（Die Sonne），木刻六十三幅；

五，《工作》（Das Werk），木刻，幅数失记；

六，《一个人的受难》（Die Passion eines Menschen），木刻二十五幅。

美国作家的作品，我曾见过希该尔木刻的《巴黎公社》（The Paris Commune, A Story in Pictures by William Siegel），是纽约的

约翰李特社（John Reed Club）出版的。还有一本石版的格罗沛尔（W.Gropper）所画的书，据赵景深教授说，是"马戏的故事"，另译起来，恐怕要"信而不顺"，只好将原名照抄在下面——

《Alay-Oop》（Life and Love Among the Acrobats.）

英国的作家我不大知道，因为那作品定价贵。但曾经有一本小书，只有十五幅木刻和不到二百字的说明，作者是有名的吉宾斯（Robert Gibbings），限印五百部，英国绅士是死也不肯重印的，现在恐怕已将绝版，每本贵到要数十元了罢。那书是——

《第七人》（The 7th Man）。

以上，我的意思是总算举出事实，证明了连环图画不但可以成为艺术，并且已经坐在"艺术之宫"的里面了。至于这也和其他的文艺一样，要有好的内容和技术，那是不消说得的。

我并不劝青年的艺术学徒蔑弃大幅的油画或水彩画，但是希望一样看重并且努力于连环图画和书报的插图；自然应该研究欧洲名家的作品，但也更注意于中国旧书上的绣像和画本，以及新年的单张的花纸。这些研究和由此而来的创作，自然没有现在的所谓大作家的受着有些人们的照例的叹赏，然而我敢相信：对于这，大众是要看的，大众是感激的！

十月二十五日。

题注：

本文最初发表于上海《文学月报》第一卷第四号（1932 年 11 月 15 日）。收入《南腔北调集》。因苏汶在关于文艺自由论辩中发表《关于"文新"和胡秋原的文艺论辩》（载《现代》第一卷第三期，1932

年7月），说："譬如拿他们（指'左联'）所提倡的文艺大众化这问题来说吧，他们鉴于现在劳动者没有东西看，在那里看陈旧的充满了封建气味的（这就是说，有害的）连环图画和唱本。于是他们便要作家们去写一些有利的连环图画和唱本来给劳动者看。……这样低级的形式还产生得出好的作品吗？确实，连环图画里是产生不出托尔斯泰、产生不出弗罗培尔来的。"鲁迅在写《论"第三种人"》批驳其观点后，意犹未尽，特写本文专门论述这一问题。1933年，苏汶、施蛰存编辑的《中国文艺年鉴》发表《一九三二年中国文坛鸟瞰》一文，说苏汶"对旧形文艺（举例说，是连环图画）的艺术价值表示怀疑。因辩解这种怀疑，鲁迅便发表了他的《连环图画辩护》，他告诉苏汶说，像德国板画那种连环图画也是有艺术价值的。但是鲁迅无意中却把德国板画那类艺术品搬到中国来，是否能为一般大众所理解，即是否还成其为大众艺术的问题忽略了过去，而且这种解答是对大众化的正题没有直接意义的"。

祝中俄文字之交

　　十五年前，被西欧的所谓文明国人看作半开化的俄国，那文学，在世界文坛上，是胜利的；十五年以来，被帝国主义者看作恶魔的苏联，那文学，在世界文坛上，是胜利的。这里的所谓"胜利"，是说：以它的内容和技术的杰出，而得到广大的读者，并且给与了读者许多有益的东西。

　　它在中国，也没有出于这例子之外。

　　我们曾在梁启超所办的《时务报》上，看见了《福尔摩斯包探案》的变幻，又在《新小说》上，看见了焦士威奴（Jules Verne）所做的号称科学小说的《海底旅行》之类的新奇。后来林琴南大译英国哈葛德（H.Rider Haggard）的小说了，我们又看见了伦敦小姐之缠绵和菲洲野蛮之古怪。至于俄国文学，却一点不知道，——但有几位也许自己心里明白，而没有告诉我们的"先觉"先生，自然是例外。不过在别一方面，是已经有了感应的。那时较为革命的青年，谁不知道俄国青年是革命的，暗杀的好手？尤其忘不掉的是苏菲亚，虽然大半也因为她是一位漂亮的姑娘。现在的国货的作品中，还常有"苏菲"一类的名字，那渊源就在此。

那时——十九世纪末——的俄国文学，尤其是陀思妥夫斯基和托尔斯泰的作品，已经很影响了德国文学，但这和中国无关，因为那时研究德文的人少得很。最有关系的是英美帝国主义者，他们一面也翻译了陀思妥夫斯基，都介涅夫，托尔斯泰，契诃夫的选集了，一面也用那做给印度人读的读本来教我们的青年以拉玛和吉利瑟那（Rama and Krishna）的对话，然而因此也携带了阅读那些选集的可能。包探，冒险家，英国姑娘，菲洲野蛮的故事，是只能当醉饱之后，在发胀的身体上搔搔痒的，然而我们的一部分的青年却已经觉得压迫，只有痛楚，他要挣扎，用不着痒痒的抚摩，只在寻切实的指示了。

那时就看见了俄国文学。

那时就知道了俄国文学是我们的导师和朋友。因为从那里面，看见了被压迫者的善良的灵魂，的酸辛，的挣扎；还和四十年代的作品一同烧起希望，和六十年代的作品一同感到悲哀。我们岂不知道那时的大俄罗斯帝国也正在侵略中国，然而从文学里明白了一件大事，是世界上有两种人：压迫者和被压迫者！

从现在看来，这是谁都明白，不足道的，但在那时，却是一个大发见，正不亚于古人的发见了火的可以照暗夜，煮东西。

俄国的作品，渐渐的绍介进中国来了，同时也得了一部分读者的共鸣，只是传布开去。零星的译作且不说罢，成为大部的就有《俄国戏曲集》十种和《小说月报》增刊的《俄国文学研究》一大本，还有《被压迫民族文学号》两本，则是由俄国文学的启发，而将范围扩大到一切弱小民族，并且明明点出"被压迫"的字样来了。

于是也遭了文人学士的讨伐，有的主张文学的"崇高"，说描写下等人是鄙俗的勾当，有的比创作为处女，说翻译不过是媒婆，而重译尤令人讨厌。的确，除了《俄国戏曲集》以外，那时所有的俄国作品几乎都是重译的。

但俄国文学只是绍介进来，传布开去。

作家的名字知道得更多了，我们虽然从安特来夫（L.Andreev）的作品里看见了恐怖，阿尔志跋绥夫（M.Artsybashev）的作品里看见了绝望和荒唐，但也从珂罗连珂（V.Korolenko）学得了宽宏，从戈理基（Maxim Gorky）感受了反抗。读者大众的共鸣和热爱，早不是几个论客的自私的曲说所能掩蔽，这伟力，终于使先前膜拜曼殊斐儿（Katherine Mansfield）的绅士也重译了都介涅夫的《父与子》，排斥"媒婆"的作家也重译着托尔斯泰的《战争与和平》了。

这之间，自然又遭了文人学士和流氓警犬的联军的讨伐。对于绍介者，有的说是为了卢布，有的说是意在投降，有的斥为"破锣"，有的指为共党，而实际上的对于书籍的禁止和没收，还因为是秘密的居多，无从列举。

但俄国文学只是绍介进来，传布开去。

有些人们，也译了《莫索里尼传》，也译了《希特拉传》，但他们绍介不出一册现代意国或德国的白色的大作品，《战后》是不属于希特拉的卐字旗下的，《死的胜利》又只好以"死"自傲。但苏联文学在我们却已有了里培进斯基的《一周间》，革拉特珂夫的《士敏土》，法捷耶夫的《毁灭》，绥拉菲摩微支的《铁流》；此外中篇短篇，还多得很。凡这些，都在御用文人的明枪暗箭之中，大踏步跨到读者大众的怀里去，给一一知道了变革，战斗，建设的辛苦和成功。

但一月以前，对于苏联的"舆论"，刹时都转变了，昨夜的魔鬼，今朝的良朋，许多报章，总要提起几点苏联的好处，有时自然也涉及文艺上："复交"之故也。然而，可祝贺的却并不在这里。自利者一淹在水里面，将要灭顶的时候，只要抓得着，是无论"破锣"破鼓，都会抓住的，他决没有所谓"洁癖"。然而无论他终于灭亡或幸而爬起，始终还是一个自利者。随手来举一个例子罢，上海称为"大报"的《申报》，不是一面甜嘴蜜舌的主张着"组织苏联考察团"（三二年十二月二十八日时评），而一面又将林克多的《苏联闻见录》也称为"反动书籍"（同二十七日新闻）么？

可祝贺的，是在中俄的文字之交，开始虽然比中英，中法迟，但在近十年中，两国的绝交也好，复交也好，我们的读者大众却决不因此而进退；译本的放任也好，禁压也好，我们的读者也决不因此而盛衰。不但如常，而且扩大；不但虽绝交和禁压还是如常，而且虽绝交和禁压而更加扩大。这可见我们的读者大众，是一向不用自私的"势利眼"来看俄国文学的。我们的读者大众，在朦胧中，早知道这伟大肥沃的"黑土"里，要生长出什么东西来，而这"黑土"却也确实生长了东西，给我们亲见了：忍受，呻吟，挣扎，反抗，战斗，变革，战斗，建设，战斗，成功。

在现在，英国的萧，法国的罗兰，也都成为苏联的朋友了。这，也是我们中国和苏联在历来不断的"文字之交"的途中，扩大而与世界结成真的"文字之交"的开始。

这是我们应该祝贺的。

十二月三十日。

题注：

本文最初发表于上海《文学月报》第一卷第五、六号合刊（1932年12月）。收入《南腔北调集》。"十月革命"（即文中所说"十五年前"）后，西方国家视苏联为洪水猛兽。1927年12月，南京国民政府与苏联断绝外交关系，1932年12月12日复交。当时鲁迅与柳亚子、茅盾、周起应、沈端先、胡愈之、陈望道、郁达夫等55人于12月23日联名签署《中国著作家为中苏复交致苏联电》，祝愿"中苏两国人民从此更能增进友谊"，随即鲁迅写本文。19世纪末，梁启超创办《时务报》介绍西方文学，但未介绍俄国文学。文中提及19世纪的俄国革命者苏菲亚（苏菲亚·里沃芙娜·别罗夫斯卡娅，1853-1881）参与1881年3月1日刺杀沙皇亚历山大二世，同年4月3日被处死刑。关于对曼殊斐儿（通译曼斯菲尔德）膜拜的绅士，指陈源（西滢），他曾称英国女作家曼斯菲尔德（1888-1923）是"超绝一世的微妙清新的作家"。说翻译是"媒婆"的是郭沫若。1920年，郭在《诗论》中说："我觉得国内人士只注重媒婆，不注重处子，只注重翻译，而不注重产生。"说介绍苏联文学是为了卢布的，是梁实秋。他在《资本家的走狗》(《新月》第二卷第九期)一文中说："如何可以到××党去领卢布……真希望有经验的人能启发我的愚蒙。"说意在投降的，有1929年8月19日上海《真报》署名尚文的《鲁迅与北新书局决裂》一文，其中说："鲁迅今年也提起笔来翻过一本革命艺术论，表示投降的意味，惜乎没有好多读者去理睬它。"说左翼文化是"破锣"的，是多数右翼文人对左翼"无产阶级文学"的蔑称。因当时普遍将英语Proletariat（无产阶级）译成"普罗列塔利亚"，简称"普罗"，有人讥为"破锣"。

谁的矛盾

萧（George Bernard Shaw）并不在周游世界，是在历览世界上新闻记者们的嘴脸，应世界上新闻记者们的口试，——然而落了第。

他不愿意受欢迎，见新闻记者，却偏要欢迎他，访问他，访问之后，却又都多少讲些俏皮话。

他躲来躲去，却偏要寻来寻去，寻到之后，大做一通文章，却偏要说他自己善于登广告。

他不高兴说话，偏要同他去说话，他不多谈，偏要拉他来多谈，谈得多了，报上又不敢照样登载了，却又怪他多说话。

他说的是真话，偏要说他是在说笑话，对他哈哈的笑，还要怪他自己倒不笑。

他说的是直话，偏要说他是讽刺，对他哈哈的笑，还要怪他自以为聪明。

他本不是讽刺家，偏要说他是讽刺家，而又看不起讽刺家，而又用了无聊的讽刺想来讽刺他一下。

他本不是百科全书，偏要当他百科全书，问长问短，问天问地，听了回答，又鸣不平，好像自己原来比他还明白。

他本是来玩玩的，偏要逼他讲道理，讲了几句，听的又不高兴了，说他是来"宣传赤化"了。

有的看不起他，因为他不是一个马克思主义文学者，然而倘是马克思主义文学者，看不起他的人可就不要看他了。

有的看不起他，因为他不去做工人，然而倘若做工人，就不会到上海，看不起他的人可就看不见他了。

有的又看不起他，因为他不是实行的革命者，然而倘是实行者，就会和牛兰一同关在牢监里，看不起他的人可就不愿提他了。

他有钱，他偏讲社会主义，他偏不去做工，他偏来游历，他偏到上海，他偏讲革命，他偏谈苏联，他偏不给人们舒服……

于是乎可恶。

身子长也可恶，年纪大也可恶，须发白也可恶，不爱欢迎也可恶，逃避访问也可恶，连和夫人的感情好也可恶。

然而他走了，这一位被人们公认为"矛盾"的萧。

然而我想，还是熬一下子，姑且将这样的萧，当作现在的世界的文豪罢，唠唠叨叨，鬼鬼祟祟，是打不倒文豪的。而且为给大家可以唠叨起见，也还是有他在着的好。

因为矛盾的萧没落时，或萧的矛盾解决时，也便是社会的矛盾解决的时候，那可不是玩意儿也。

二月十九夜。

题注：

本文最初发表于上海《论语》半月刊第十二期（1933 年 3 月 1 日）。收入《南腔北调集》。鲁迅会见萧伯纳之后两天写作本文。萧伯纳，英国剧作家、批评家。著作有《华伦夫人的职业》《巴巴拉少校》等。萧伯纳于1933年乘船周游世界，2月17日到达上海，第二天鲁迅与中国民权保障同盟主要领导人宋庆龄、蔡元培等一起会见了萧伯纳。原定在十六铺码头登岸，后因萧伯纳不愿有太多的人欢迎，故临时改在他处。当时报刊上的评论把他描绘成充满矛盾的人物，实际上正暴露了这些评论者自己的矛盾，故鲁迅作本文。

《文艺连丛》

——的开头和现在

投机的风气使出版界消失了有几分真为文艺尽力的人。即使偶然有，不久也就变相，或者失败了。我们只是几个能力未足的青年，可是要再来试一试。首先是印一种关于文学和美术的小丛书，就是《文艺连丛》。为什么"小"，这是能力的关系，现在没有法子想。但约定的编辑，是肯负责任的编辑；所收的稿子，也是可靠的稿子。总而言之：现在的意思是不坏的，就是想成为一种决不欺骗的小丛书。什么"突破五万部"的雄图，我们岂敢，只要有几千个读者肯给以支持，就顶好顶好了。现在已经出版的，是——

1.《不走正路的安得伦》 苏联聂维洛夫作，曹靖华译，鲁迅序。作者是一个最伟大的农民作家，描写动荡中的农民生活的好手，可惜在十年前就死掉了。这一个中篇小说，所叙的是革命开初，头脑单纯的革命者在乡村里怎样受农民的反对而失败，写得又生动，又诙谐。译者深通俄国文字，又在列宁格拉的大学里教授中国文学有年，所以难解的土话，都可以随时询问，其译文的可靠，是早为读书界所深悉的，内附蔼支的插画五幅，也是别开生面的作品。现已出版，每本实价大洋二角半。

2.《解放了的董·吉诃德》 苏联卢那卡尔斯基作，易嘉译。这是一大篇十幕的戏剧，写着这胡涂固执的董·吉诃德，怎样因游侠而大碰钉子，虽由革命得到解放，也还是无路可走。并且衬以奸雄和美人，写得又滑稽，又深刻。前年曾经鲁迅从德文重译一幕，登《北斗》杂志上，旋因知道德译颇有删节，便即停笔。续登的是易嘉直接译出的完全本，但杂志不久停办，仍未登完，同人今居然得到全稿，实为可喜，所以特地赶紧校刊，以公同好。每幕并有毕斯凯莱夫木刻装饰一帧，大小共十三帧，尤可赏心悦目，为德译本所不及。每本实价五角。

正在校印中的，还有——

3.《山民牧唱》 西班牙巴罗哈作，鲁迅译。西班牙的作家，中国大抵只知道伊本纳兹，但文学的本领，巴罗哈实远在其上。日本译有《选集》一册，所记的都是山地住民，跋司珂族的风俗习惯，译者曾选译数篇登《奔流》上，颇为读者所赞许。这是《选集》的全译。不日出书。

4.《Noa Noa》 法国戈庚作，罗怃译。作者是法国画界的猛将，他厌恶了所谓文明社会，逃到野蛮岛泰息谛去，生活了好几年。这书就是那时的记录，里面写着所谓"文明人"的没落，和纯真的野蛮人被这没落的"文明人"所毒害的情形，并及岛上的人情风俗，神话等。译者是一个无名的人，但译笔却并不在有名的人物之下。有木刻插画十二幅。现已付印。

题注：

本篇最初收入1933年5月野草书屋出版的《不走正路的安得伦》一书卷末。初未收集。"文艺连丛"，鲁迅编辑的文学艺术丛书，1933年5月起陆续出版。

英译本《短篇小说选集》自序

    中国的诗歌中，有时也说些下层社会的苦痛。但绘画和小说却相反，大抵将他们写得十分幸福，说是"不识不知，顺帝之则"，平和得像花鸟一样。是的，中国的劳苦大众，从知识阶级看来，是和花鸟为一类的。

    我生长于都市的大家庭里，从小就受着古书和师傅的教训，所以也看得劳苦大众和花鸟一样。有时感到所谓上流社会的虚伪和腐败时，我还羡慕他们的安乐。但我母亲的母家是农村，使我能够间或和许多农民相亲近，逐渐知道他们是毕生受着压迫，很多苦痛，和花鸟并不一样了。不过我还没法使大家知道。

    后来我看到一些外国的小说，尤其是俄国，波兰和巴尔干诸小国的，才明白了世界上也有这许多和我们的劳苦大众同一运命的人，而有些作家正在为此而呼号，而战斗。而历来所见的农村之类的景况，也更加分明地再现于我的眼前。偶然得到一个可写文章的机会，我便将所谓上流社会的堕落和下层社会的不幸，陆续用短篇小说的形式发表出来了。原意其实只不过想将这示给读者，提出一些问题而已，并不是为了当时的文学家之所谓艺术。

但这些东西，竟得了一部分读者的注意，虽然很被有些批评家所排斥，而至今终于没有消灭，还会译成英文，和新大陆的读者相见，这是我先前所梦想不到的。

但我也久没有做短篇小说了。现在的人民更加困苦，我的意思也和以前有些不同，又看见了新的文学的潮流，在这景况中，写新的不能，写旧的又不愿。中国的古书里有一个比喻，说：邯郸的步法是天下闻名的，有人去学，竟没有学好，但又已经忘却了自己原先的步法，于是只好爬回去了。

我正爬着。但我想再学下去，站起来。

一九三三年三月二十二日，鲁迅记于上海。

题注：

本篇未发表，初未收集。英译本《短篇小说选集》是鲁迅应美国著名记者埃德加·斯诺之约而编选的。埃德加·斯诺，1928 年来中国上海，1931 年后与鲁迅结识。他在考察了中国文学界的情况后，对鲁迅作品产生了极大兴趣，决定向西方介绍鲁迅作品。故拟编译《鲁迅短篇小说选》并请鲁迅作序。后因鲁迅主张介绍更多青年人的作品，故改为收入部分鲁迅作品、兼收部分青年作家的作品，编成《活的中国》。斯诺后在鲁迅帮助下前往陕北访问红军，著有《红星照耀中国》（《西行漫记》）等。

看萧和"看萧的人们"记

　　我是喜欢萧的。这并不是因为看了他的作品或传记，佩服得喜欢起来，仅仅是在什么地方见过一点警句，从什么人听说他往往撕掉绅士们的假面，这就喜欢了他了。还有一层，是因为中国也常有模仿西洋绅士的人物的，而他们却大抵不喜欢萧。被我自己所讨厌的人们所讨厌的人，我有时会觉得他就是好人物。

　　现在，这萧就要到中国来，但特地搜寻着去看一看的意思倒也并没有。

　　十六日的午后，内山完造君将改造社的电报给我看，说是去见一见萧怎么样。我就决定说，有这样地要我去见一见，那就见一见罢。

　　十七日的早晨，萧该已在上海登陆了，但谁也不知道他躲着的处所。这样地过了好半天，好像到底不会看见似的。到了午后，得到蔡先生的信，说萧现就在孙夫人的家里吃午饭，教我赶紧去。

　　我就跑到孙夫人的家里去。一走进客厅隔壁的一间小小的屋子里，萧就坐在圆桌的上首，和别的五个人在吃饭。因为早就在什么地方见过照相，听说是世界的名人的，所以便电光一般觉得是文豪，而其实是什么标记也没有。但是，雪白的须发，健康的血色，和气的面貌，我想，倘若作为肖像画，倒是很出色的。

午餐像是吃了一半了。是素菜，又简单。白俄的新闻上，曾经猜有无数的侍者，但只有一个厨子在搬菜。

萧吃得并不多，但也许开始的时候，已经很吃了一通也难说。到中途，他用起筷子来了，很不顺手，总是夹不住。然而令人佩服的是他竟逐渐巧妙，终于紧紧的夹住了一块什么东西，于是得意的遍看着大家的脸，可是谁也没有看见这成功。

在吃饭时候的萧，我毫不觉得他是讽刺家。谈话也平平常常。例如说：朋友最好，可以久远的往还，父母兄弟都不是自己自由选择的，所以非离开不可之类。

午餐一完，照了三张相。并排一站，我就觉得自己的矮小了。虽然心里想，假如再年青三十年，我得来做伸长身体的体操……。

两点光景，笔会（Pen Club）有欢迎。也趁了摩托车一同去看时，原来是在叫作"世界学院"的大洋房里。走到楼上，早有为文艺的文艺家，民族主义文学家，交际明星，伶界大王等等，大约五十个人在那里了。合起围来，向他质问各色各样的事，好像翻检《大英百科全书》似的。

萧也演说了几句：诸君也是文士，所以这玩艺儿是全都知道的。至于扮演者，则因为是实行的，所以比起自己似的只是写写的人来，还要更明白。此外还有什么可说的呢。总之，今天就如看看动物园里的动物一样，现在已经看见了，这就可以了罢。云云。

大家都哄笑了，大约又以为这是讽刺。

也还有一点梅兰芳博士和别的名人的问答，但在这里，略之。

此后是将赠品送给萧的仪式。这是由有着美男子之誉的邵洵美君拿上去的，是泥土做的戏子的脸谱的小模型，收在一个盒子里。还有一种，听说是演戏用的衣裳，但因为是用纸包好了的，所以没有见。萧很高兴的接受了。据张若谷君后来发表出来的文章，则萧还问了几句话，张君也刺了他一下，可惜萧不听见云。但是，我实在也没有听见。

有人问他菜食主义的理由。这时很有了几个来照照相的人，我想，我这烟卷的烟是不行的，便走到外面的屋子去了。

还有面会新闻记者的约束，三点光景便又回到孙夫人的家里来。早有四五十个人在等候了，但放进的却只有一半。首先是木村毅君和四五个文士，新闻记者是中国的六人，英国的一人，白俄一人，此外还有照相师三四个。

在后园的草地上，以萧为中心，记者们排成半圆阵，替代着世界的周游，开了记者的嘴脸展览会。萧又遇到了各色各样的质问，好像翻检《大英百科全书》似的。

萧似乎并不想多话。但不说，记者们是决不干休的，于是终于说起来了，说得一多，这回是记者那面的笔记的分量，就渐渐的减少下去。

我想，萧并不是真的讽刺家，因为他就会说得那么多。

试验是大约四点半钟完结的。萧好像已经很疲倦，我就和木村君都回到内山书店里去了。

第二天的新闻，却比萧的话还要出色得远远。在同一的时候，同一的地方，听着同一的话，写了出来的记事，却是各不相同的。似乎英文的解释，也会由于听者的耳朵，而变换花样。例如，关于中国的政府罢，英字新闻的萧，说的是中国人应该挑选自己们所佩服的人，作为统治者；日本字新闻的萧，说的是中国政府有好几个；汉字新闻的萧，说的是凡是好政府，总不会得人民的欢心的。

从这一点看起来，萧就并不是讽刺家，而是一面镜。

但是，在新闻上的对于萧的评论，大体是坏的。人们是各各去听自己所喜欢的，有益的讽刺去的，而同时也给听了自己所讨厌的，有损的讽刺。于是就各各用了讽刺来讽刺道，萧不过是一个讽刺家而已。

在讽刺竞赛这一点上，我以为还是萧这一面伟大。

我对于萧，什么都没有问；萧对于我，也什么都没有问。不料木村君却要我写一篇萧的印象记。别人做的印象记，我是常看的，写得仿佛一见便窥见了那人的真心一般，我实在佩服其观察之锐敏。至于自己，却连相书也没有翻阅过，所以即使遇见了名人罢，倘要我滔滔的来说印象，可就穷矣了。

但是，因为是特地从东京到上海来要我写的，我就只得寄一点这样的东西，算是一个对付。

一九三三年二月二十三夜。

（三月二十五日，许霞译自《改造》四月特辑，更由作者校定。）

题注：

本文系用日文写作，最初发表于《改造》月刊 1933 年四月号，后由许霞（许广平）译成中文，由鲁迅校定后发表于上海《现代》月刊第三卷第一期（1933 年 5 月 1 日）。收入《南腔北调集》。因日本改造社欲报道萧伯纳在上海的情况，故电请上海内山书店店主内山完造转请鲁迅作本文。当日鲁迅是应中国民权保障同盟领导人宋庆龄、蔡元培之邀而前往会见萧伯纳的。会见的情况，次日上海各报都有报道。英文报纸《字林西报》（《North China Daily》）报道，萧伯纳回答被压迫民族和他们应当怎么干的问题时说:"他们应当自己解决自己的问题,中国应当这样干。中国的民众应当自己组织起来,并且,他们所要挑选的自己的统治者,不是什么戏子或者封建的王公。"日文的上海《每日新闻》则报道:"中国记者问:'对于中国政府的你的意见呢?'——'在中国,照我所知道,政府有好几个,你是指那一个呀?'"而中文报纸则报道萧伯纳的话是:"中国今日所需要者为良好政府,要知好政府及好官吏,绝非一般民众所欢迎。"张若谷在上海《大晚报》上发表《五十分钟和伯纳萧在一起》,记述当时情形:"笔会的同人,派希腊式鼻子的邵洵美做代表,捧了一只大的玻璃框子,里面装了十几个北平土产的泥制优伶脸谱,红面孔的关云长,白面孔的曹操,长胡子的老生,包扎头的花旦,五颜六色,煞是好看。萧老头儿装出似乎很有兴味的样子,指着一个长白胡须和他有些相像的脸谱,微笑着问道:'这是不是中国的老爷?''不是老爷,是舞台上的老头儿。'我对他说。他好像没有听见,仍旧笑嘻嘻地指着一个花旦的脸谱说:'她不是老爷的女儿吧?'"所谓"舞台上的老头儿"指萧伯纳。

《不走正路的安得伦》小引

现在我被托付为该在这本小说前面，写一点小引的脚色。这题目是不算烦难的，我只要分为四节，大略来说一说就够了。

1. 关于作者的经历，我曾经记在《一天的工作》的后记里，至今所知道的也没有加增，就照抄在下面：

"聂维洛夫（Aleksandr Neverov）的真姓是斯珂培莱夫（Skobelev），以一八八六年生为萨玛拉（Samara）州的一个农夫的儿子。一九〇五年师范学校第二级卒业后，做了村学的教师。内战时候，则为萨玛拉的革命底军事委员会的机关报《赤卫军》的编辑者。一九二〇至二一年大饥荒之际，他和饥民一同从伏尔迦逃往塔什干；二二年到墨斯科，加入文学团体'锻冶厂'；二三年冬，就以心脏麻痹死去了，年三十七。他的最初的小说，在一九〇五年发表，此后所作，为数甚多，最著名的是《丰饶的城塔什干》，中国有穆木天译本。"

2. 关于作者的批评，在我所看见的范围内，最简要的也还是要推

203

珂刚教授在《伟大的十年的文学》里所说的话。这回是依据了日本黑田辰男的译本，重译一节在下面：

　　"出于'锻冶厂'一派的最有天分的小说家，不消说，是善于描写崩坏时代的农村生活者之一的亚历山大·聂维洛夫了。他吐着革命的呼吸，而同时也爱人生。他用了爱，以观察活人的个性，以欣赏那散在俄国无边的大平野上的一切缤纷的色彩。他之于时事问题，是远的，也是近的。说是远者，因为他出发于挚爱人生的思想，说是近者，因为他看见那站在进向人生和幸福和完全的路上的力量，觉得那解放人生的力量。聂维洛夫——是从日常生活而上达于人类底的东西之处的作家之一，是观察周到的现实主义者，也是生活描写者的他，在我们面前，提出生活底的，现代底的相貌来，一直上升到人性的所谓'永久底'的性质的描写，用别的话来说，就是更深刻地捉住了展在我们之前的现象和精神状态，深刻地加以照耀，使这些都显出超越了一时底，一处底界限的兴味来了。"

　　3. 这篇小说，就是他的短篇小说集《人生的面目》里的一篇，故事是旧的，但仍然有价值。去年在他本国还新印了插画的节本，在《初学丛书》中。前有短序，说明着对于苏联的现在的意义：

　　"A. 聂维洛夫是一九二三年死的。他是最伟大的革命的农民作家之一。聂维洛夫在《不走正路的安得伦》这部小说里，号召着毁灭全部的旧式的农民生活，不管要受多么大的痛苦和牺牲。

　　"这篇小说所讲的时代，正是苏维埃共和国结果了白党而开始和平的建设的时候。那几年恰好是黑暗的旧式农村第一次开始改造。安得伦是个不妥协的激烈的战士，为着新生活而奋斗，他的工作环境是很艰难的。这样和富农斗争，和农民的黑暗愚笨斗争，——需要细密的心计，谨慎和透彻。稍微一点不正确的步骤就可以闯乱子的。对于革命很忠实的安得伦没有估计这种复杂的环境。他艰难困苦建设起来的东西，就这么坍台了。但是，野兽似的富农虽然杀死了他的朋友，烧掉了他的房屋，然而始终不能够动摇他的坚决的意志和革命的热忱。受伤了的安得伦决心向前走去，走上艰难的道路，去实行社会主义的改造农村。

"现在，我们的国家胜利的建设着社会主义，而要在整个区域的集体农场化的基础之上，去消灭富农阶级。因此《不走正路的安得伦》里面说得那么真实，那么清楚的农村里的革命的初步，——现在回忆一下也是很有益处的。"

4.关于译者，我可以不必再说。他的深通俄文和忠于翻译，是现在的读者大抵知道的。插图五幅，即从《初学丛书》的本子上取来，但画家蔼支（Ez）的事情，我一点不知道。

一九三三年五月十三夜。鲁迅。

题注：

本篇最初收入 1933 年 5 月上海野草书屋出版的《不走正路的安得伦》。初未收集。《不走正路的安得伦》，苏联作家聂维洛夫所作短篇小说，曹靖华译，列为"文艺连丛"之一。

大家降一级试试看

《文学》第一期的《〈图书评论〉所评文学书部分的清算》，是很有趣味，很有意义的一篇账。这《图书评论》不但是"我们唯一的批评杂志"，也是我们的教授和学者们所组成的唯一的联军。然而文学部分中，关于译注本的批评却占了大半，这除掉那《清算》里所指出的各种之外，实在也还有一个切要的原因，就是在我们学术界文艺界作工的人员，大抵都比他的实力凭空跳高一级。

校对员一面要通晓排版的格式，一面要多认识字，然而看现在的出版物，"己"与"已"，"戮"与"戳"，"剌"与"刺"，在很多的眼睛里是没有区别的。版式原是排字工人的事情，因为他不管，就压在校对员的肩膀上，如果他再不管，那就成为和大家不相干。作文的人首先也要认识字，但在文章上，往往以"战慄"为"战慄"，以"已竟"为"已经"；"非常顽艳"是因妒杀人的情形；"年已鼎盛"的意思，是说这人已有六十多岁了。至于译注的书，那自然，不是"硬译"，就是误译，为了训斥与指正，竟占去了九本《图书评论》中文学部分的书数的一半，就是一个不可动摇的证明。

这些错误的书的出现，当然大抵是因为看准了社会上的需要，匆匆的来投机，但一面也实在为了胜任的人，不肯自贬声价，来做这用力多而获利少的工作的缘故。否则，这些译注者是只配埋首大学，去谨听教授们的指示的。只因为能够不至于误译的人们洁身远去，出版界上空荡荡了，遂使小兵也来挂着帅印，辱没了翻译的天下。

但是，胜任的译注家那里去了呢？那不消说，他也跳了一级，做了教授，成为学者了。"世无英雄，遂使竖子成名"，于是只配做学生的胚子，就乘着空虚，托庇变了译注者。而事同一律，只配做个译注者的胚子，却踞着高座，昂然说法了。杜威教授有他的实验主义，白璧德教授有他的人文主义，从他们那里零零碎碎贩运一点回来的就变了中国的呵斥八极的学者，不也是一个不可动摇的证明么？

要澄清中国的翻译界，最好是大家都降下一级去，虽然那时候是否真是都能胜任愉快，也还是一个没有把握的问题。

七月七日。

题注：

本文最初发表于上海《申报月刊》第二卷第八号（1933 年 8 月 15 日），署名洛文。收入《南腔北调集》。《文学》创刊号有傅东华的《〈图书评论〉所评文学书部分的清算》，对《图书评论》第一至第九期发表的 22 篇文学书评进行了分析和评判。《图书评论》月刊，刘英士编辑，1932 年 9 月创刊，南京图书评论社出版。该刊曾发表梁实秋、罗家伦等人评论当时的外国文学翻译本的文章，凡有小误，就指为"荒谬绝伦"，"糊涂到莫名其妙"，"比毒药还要厉害"，"误人子弟，男盗女娼"。对此，傅东华给予了严厉批评，鲁迅则在此基础上进一步指出，原本适合做翻译的人去做大学教授了，此暗指梁实秋、林语堂、胡适等人。杜威（J. Dewey），美国的实用主义者，自称"经验论的自然主义"，胡适对他十分推崇；白璧德（I.Babbitt）一译巴比特，美国教育家，美国近代人文主义运动的领导人之一。梁实秋对他十分崇拜，曾大力介绍。"呵斥八极的学者"即指梁氏。

关于翻译

今年是"国货年"，除"美麦"外，有些洋气的都要被打倒了。四川虽然正在奉令剪掉路人的长衫，上海的一位慷慨家却因为讨厌洋服而记得了袍子和马褂。翻译也倒了运，得到一个笼统的头衔是"硬译"和"乱译"。但据我所见，这些"批评家"中，一面要求着"好的翻译"者，却一个也没有的。

创作对于自己人，的确要比翻译切身，易解，然而一不小心，也容易发生"硬作"，"乱作"的毛病，而这毛病，却比翻译要坏得多。我们的文化落后，无可讳言，创作力当然也不及洋鬼子，作品的比较的薄弱，是势所必至的，而且又不能不时时取法于外国。所以翻译和创作，应该一同提倡，决不可压抑了一面，使创作成为一时的骄子，反因容纵而脆弱起来。我还记得先前有一个排货的年头，国货家贩了外国的牙粉，摇松了两瓶，装作三瓶，贴上商标，算是国货，而购买者却多损失了三分之一；还有一种痱子药水，模样和洋货完全相同，价钱却便宜一半，然而它有一个大缺点，是搽了之后，毫无功效，于是购买者便完全损失了。

注重翻译，以作借镜，其实也就是催进和鼓励着创作。但几年以前，就有了攻击"硬译"的"批评家"，搔下他旧疮疤上的末屑，少得像膏药上的麝香一样，因为少，就自以为是奇珍。而这风气竟传布开来了，许多新起的论者，今年都在开始轻薄着贩来的洋货。比起武人的大买飞机，市民的拚命捐款来，所谓"文人"也者，真是多么昏庸的人物呵。

我要求中国有许多好的翻译家，倘不能，就支持着"硬译"。理由还在中国有许多读者层，有着并不全是骗人的东西，也许总有人会多少吸收一点，比一张空盘较为有益。而且我自己是向来感谢着翻译的，例如关于萧的毁誉和现在正在提起的题材的积极性的问题，在洋货里，是早有了明确的解答的。关于前者，德国的尉特甫格（Karl Wittvogel）在《萧伯纳是丑角》里说过——

　　"至于说到萧氏是否有意于无产阶级的革命，这并不是一个重要的问题。十八世纪的法国大哲学家们，也并不希望法国的大革命。虽然如此，然而他们都是引导着必至的社会变更的那种精神崩溃的重要势力。"（刘大杰译，《萧伯纳在上海》所载。）

关于后者，则恩格勒在给明那·考茨基（Minna Kautsky，就是现存的考茨基的母亲）的信里，已有极明确的指示，对于现在的中国，也是很有意义的——

　　"还有，在今日似的条件之下，小说是大抵对于布尔乔亚层的读者的，所以，由我看来，只要正直地叙述出现实的相互关系，毁坏了罩在那上面的作伪的幻影，使布尔乔亚世界的乐观主义动摇，使对于现存秩序的永远的支配起疑，则社会主义的倾向的文学，也就十足地尽了它的使命了——即使作者在这时并未提出什么特定的解决，或者有时连作者站在那一边也不很明白。"

（日本上田进原译，《思想》百三十四号所载。）

八月二日。

题注：

本篇最初发表于上海《现代》月刊第三卷第五期（1933年9月1日）。收入《南腔北调集》。这是鲁迅一系列关于翻译的论辩文中的一篇。从"革命文学"论争开始，关于翻译的意义、方法、价值取向、质量的论辩就没有停止过。先是对郭沫若关于创作是处子、翻译是媒婆的提法的论争，后是与梁实秋关于"硬译"指摘的辩驳，又与赵景深关于翻译方法原则即"信""达""雅"关系问题辩论。在本文之后，鲁迅还写了多篇文章讨论此问题。关于"题材的积极性"的讨论，在《文学》第一卷第二号的"社谈"栏《文坛往何处去》中有这样的话："现在很有些人以为描写小资产阶级生活的题材便没有'积极性'，必须写工农大众的生活，这才是题材有积极性；又以为仅仅描写大众的生活痛苦或是仅仅描写了他们怎样被剥削被压迫，也就不能说有积极性，必须写他们斗争才好，而且须写他们斗争得胜。究竟所谓'题材的积极性'是否应当这样去理解呢，抑或别有理论？"鲁迅所引恩格斯《致明那·考茨基》的话，现通译为："此外，在当前条件下，小说主要是面向资产阶级阶级圈子里的读者，即不直接属于我们的人的那个圈子里的读者，因此，如果一部具有社会主义倾向的小说通过对现实关系的真实描写，来打破关于这些关系的流行的传统幻想，动摇资产阶级世界的乐观主义，不可避免地引起对于现存事物的永世长存的怀疑，那末，即使作者没有直接提出任何解决办法，甚至作者有时并没有明确地表明自己的立场，但我认为这部小说也完全完成了自己的使命。"

为翻译辩护

洛文

今年是围剿翻译的年头。

或曰"硬译",或曰"乱译",或曰"听说现在有许多翻译家……翻开第一行就译,对于原作的理解,更无从谈起",所以令人看得"不知所云"。

这种现象,在翻译界确是不少的,那病根就在"抢先"。中国人原是喜欢"抢先"的人民,上落电车,买火车票,寄挂号信,都愿意是一到便是第一个。翻译者当然也逃不出这例子的。而书店和读者,实在也没有容纳同一原本的两种译本的雅量和物力,只要已有一种译稿,别一译本就没有书店肯接收出版了,据说是已经有了,怕再没有人要买。

举一个例子在这里:现在已经成了古典的达尔文的《物种由来》,日本有两种翻译本,先出的一种颇多错误,后出的一本是好的。中国只有一种马君武博士的翻译,而他所根据的却是日本的坏译本,实有另译的必要。然而那里还会有书店肯出版呢?除非译者同时是富翁,他来自己印。不过如果是富翁,他就去打算盘,再也不来弄什么翻译了。

还有一层，是中国的流行，实在也过去得太快，一种学问或文艺介绍进中国来，多则一年，少则半年，大抵就烟消火灭。靠翻译为生的翻译家，如果精心作意，推敲起来，则到他脱稿时，社会上早已无人过问。中国大嚷过托尔斯泰，屠格纳夫，后来又大嚷过辛克莱，但他们的选集却一部也没有。去年虽然还有以郭沫若先生的盛名，幸而出版的《战争与和平》，但恐怕仍不足以挽回读书和出版界的惰气，势必至于读者也厌倦，译者也厌倦，出版者也厌倦，归根结蒂是不会完结的。

翻译的不行，大半的责任固然该在翻译家，但读书界和出版界，尤其是批评家，也应该分负若干的责任。要救治这颓运，必须有正确的批评，指出坏的，奖励好的，倘没有，则较好的也可以。然而这怎么能呢；指摘坏翻译，对于无拳无勇的译者是不要紧的，倘若触犯了别有来历的人，他就会给你带上一顶红帽子，简直要你的性命。这现象，就使批评家也不得不含胡了。

此外，现在最普通的对于翻译的不满，是说看了几十行也还是不能懂。但这是应该加以区别的。倘是康德的《纯粹理性批判》那样的书，则即使德国人来看原文，他如果并非一个专家，也还是一时不能看懂。自然，"翻开第一行就译"的译者，是太不负责任了，然而漫无区别，要无论什么译本都翻开第一行就懂的读者，却也未免太不负责任了。

八月十四日。

题注：

本篇最初发表于 1933 年 8 月 20 日《申报·自由谈》。收入《准风月谈》。1933 年 7 月 31 日《申报·自由谈》发表林翼之的《"翻译"与"编述"》文章,谈及当时的翻译界时说:"许多在那儿干'硬译''乱译'工作的人,如果改行来做改头换面的编述工作,是否胜任得了? ……听说现在有许多翻译家,连把原作从头到尾瞧一遍的工夫也没有,翻开第一行就译,对于原作的理解,更无从谈起。"同年 8 月 13 日《申报·自由谈》刊载的署名大圣的《关于翻译的话》又说:"目前我们的出版界的大部分的译品太糟得令人不敢领教了,无论是那一类译品,往往看了三四页,还是不知所云。"鲁迅以本篇作答。

由聋而哑

洛文

医生告诉我们：有许多哑子，是并非喉舌不能说话的，只因为从小就耳朵聋，听不见大人的言语，无可师法，就以为谁也不过张着口呜呜哑哑，他自然也只好呜呜哑哑了。所以勃兰兑斯叹丹麦文学的衰微时，曾经说：文学的创作，几乎完全死灭了。人间的或社会的无论怎样的问题，都不能提起感兴，或则除在新闻和杂志之外，绝不能惹起一点论争。我们看不见强烈的独创的创作。加以对于获得外国的精神生活的事，现在几乎绝对的不加顾及。于是精神上的"聋"，那结果，就也招致了"哑"来。(《十九世纪文学的主潮》第一卷自序)

这几句话，也可以移来批评中国的文艺界，这现象，并不能全归罪于压迫者的压迫，五四运动时代的启蒙运动者和以后的反对者，都应该分负责任的。前者急于事功，竟没有译出什么有价值的书籍来，后者则故意迁怒，至骂翻译者为媒婆，有些青年更推波助澜，有一时期，还至于连人地名下注一原文，以便读者参考时，也就诋之曰"衒学"。

今竟何如？三开间店面的书铺，四马路上还不算少，但那里面满架是薄薄的小本子，倘要寻一部巨册，真如披沙拣金之难。自然，生得又高又胖并不就是伟人，做得多而且繁也决不就是名著，而况还有"剪贴"。但是，小小的一本"什么ABC"里，却也决不能包罗一切学术文艺的。一道浊流，固然不如一杯清水的干净而澄明，但蒸溜了浊流的一部分，却就有许多杯净水在。

因为多年买空卖空的结果，文界就荒凉了，文章的形式虽然比较的整齐起来，但战斗的精神却较前有退无进。文人虽因捐班或互捧，很快的成名，但为了出力的吹，壳子大了，里面反显得更加空洞。于是误认这空虚为寂寞，像煞有介事的说给读者们；其甚者还至于摆出他心的腐烂来，算是一种内面的宝贝。散文，在文苑中算是成功的，但试看今年的选本，便是前三名，也即令人有"貂不足，狗尾续"之感。用秕谷来养青年，是决不会壮大的，将来的成就，且要更渺小，那模样，可看尼采所描写的"末人"。

但绍介国外思潮，翻译世界名作，凡是运输精神的粮食的航路，现在几乎都被聋哑的制造者们堵塞了，连洋人走狗，富户赘郎，也会来哼哼的冷笑一下。他们要掩住青年的耳朵，使之由聋而哑，枯涸渺小，成为"末人"，非弄到大家只能看富家儿和小瘪三所卖的春宫，不肯罢手。甘为泥土的作者和译者的奋斗，是已经到了万不可缓的时候了，这就是竭力运输些切实的精神的粮食，放在青年们的周围，一面将那些聋哑的制造者送回黑洞和朱门里面去。

八月二十九日。

题注：

本篇最初发表于1933年9月8日《申报·自由谈》。收入《准风月谈》。在这年8月鲁迅曾作《为翻译辩护》一文，其开首就说："今年是围剿翻译的年头。"8月2日鲁迅作《关于翻译》，对翻译和创作的关系进行了论证，其中说："翻译和创作，应该一同提倡，决不可压抑了一面，使创作成为一时的骄子，反因容纵而脆弱起来。""注重翻译，以作借镜，其实也就是催进和鼓励着创作。"本篇从人生理上的聋与哑的辩证关系谈起，再次论证了引介国外优秀文化的重要性。

关于翻译（上）

洛文

因为我的一篇短文，引出了穆木天先生的《从〈为翻译辩护〉谈到楼译〈二十世纪之欧洲文学〉》（九日《自由谈》所载），这在我，是很以为荣幸的，并且觉得凡所指摘，也恐怕都是实在的错误。但从那作者的案语里，我却又想起一个随便讲讲，也许并不是毫无意义的问题来了。那是这样的一段——

"在一百九十九页，有'在这种小说之中，最近由学术院（译者：当系指著者所属的俄国共产主义学院）所选的鲁易倍尔德兰的不朽的诸作，为最优秀'。在我以为此地所谓'Academie'者，当指法国翰林院。苏联虽称学艺发达之邦，但不会为帝国主义作家作选集罢？我不知为什么楼先生那样地滥下注解？"

究竟是那一国的 Academia 呢？我不知道。自然，看作法国的翰林院，是万分近理的，但我们也不能决定苏联的大学院就"不会为帝国主义作家作选集"。倘在十年以前，是决定不会的，这不但为物力所限，也为了要保护革命的婴儿，不能将滋养的，无益的，有害的食品都漫无区别的乱放在他前面。现在却可以了，婴儿已经长大，而且强壮，聪明起来，即使将鸦片或吗啡给他看，也没有什么大危险，但不消说，一面也必须有先觉者来指示，说吸了就会上瘾，而上瘾之后，就成一个废物，或者还是社会上的害虫。

在事实上，我曾经见过苏联的 Academia 新译新印的阿剌伯的《一千一夜》，意大利的《十日谈》，还有西班牙的《吉诃德先生》，英国的《鲁滨孙漂流记》；在报章上，则记载过在为托尔斯泰印选集，为歌德编全集——更完的全集。倍尔德兰不但是加特力教的宣传者，而且是王朝主义的代言人，但比起十九世纪初德意志布尔乔亚的文豪歌德来，那作品也不至于更加有害。所以我想，苏联来给他出一本选集，实在是很可能的。不过在这些书籍之前，想来一定有详序，加以仔细的分析和正确的批评。

凡作者，和读者因缘愈远的，那作品就于读者愈无害。古典的，反动的，观念形态已经很不相同的作品，大抵即不能打动新的青年的心（但自然也要有正确的指示），倒反可以从中学学描写的本领，作者的努力。恰如大块的砒霜，欣赏之余，所得的是知道它杀人的力量和结晶的模样：药物学和矿物学上的知识了。可怕的倒在用有限的砒霜，和在食物中间，使青年不知不觉的吞下去，例如似是而非的所谓"革命文学"，故作激烈的所谓"唯物史观的批评"，就是这一类。这倒是应该防备的。

我是主张青年也可以看看"帝国主义者"的作品的，这就是古语的所谓"知己知彼"。青年为了要看虎狼，赤手空拳的跑到深山里去固然是呆子，但因为虎狼可怕，连用铁栅围起来了的动物园里也不敢去，却也不能不说是一位可笑的愚人。有害的文学的铁栅是什么呢？批评家就是。

九月十一日。

补记：这一篇没有能够刊出。

九月十五日。

题注：

本篇未发表，收入《准风月谈》。本篇起首所说的"一篇短文"是指鲁迅于 1933 年 8 月 14 日所写的《为翻译辩护》一文，因当时本篇未被刊登，这句话被移至 1933 年 9 月 14 日发表的《关于翻译（下）》的开头发表。关于如何吸取外来文化，鲁迅在 1925 年所发表《看镜有感》一文中说："无论从那里来的，只要是食物，壮健者大抵就无需思索，承认是吃的东西。惟有衰病的，却总常想到害胃，伤身，特有许多禁条，许多避忌；还有一大套比较利害而终于不得要领的理由，例如吃固无妨，而不吃尤稳，食之或当有益，然究以不吃为宜云云之类。"可参阅。

关于翻译（下）

洛文

　　但我在那《为翻译辩护》中，所希望于批评家的，实在有三点：一，指出坏的；二，奖励好的；三，倘没有，则较好的也可以。而穆木天先生所实做的是第一句。以后呢，可能有别的批评家来做其次的文章，想起来真是一个大疑问。

　　所以我要再来补充几句：倘连较好的也没有，则指出坏的译本之后，并且指明其中的那些地方还可以于读者有益处。

　　此后的译作界，恐怕是还要退步下去的。姑不论民穷财尽，即看地面和人口，四省是给日本拿去了，一大块在水淹，一大块在旱，一大块在打仗，只要略略一想，就知道读者是减少了许许多多。因为销路的少，出版界就要更投机，欺骗，而拿笔的人也因此只好更投机，欺骗。即有不愿意欺骗的人，为生计所压迫，也总不免比较的粗制滥造，增出些先前所没有的缺点来。走过租界的住宅区邻近的马路，三间门面的水果店，晶莹的玻璃窗里是鲜红的苹果，通黄的香蕉，还有不知名的热带的果物。但略站一下就知道：这地方，中国人是很少进去的，买不起。我们大抵只好到同胞摆的水果摊上去，化几文钱买一个烂苹果。

　　苹果一烂，比别的水果更不好吃，但是也有人买的，不过我们另外还有一种相反的脾气：首饰要"足赤"，人物要"完人"。一有缺点，有时就全部都不要了。爱人身上生几个疮，固然不至于就请律师离婚，但对于作者，作品，译品，却总归比较的严紧，萧伯纳坐了大船，不好；巴比塞不算第一个作家，也不好；译者是"大学教授，下职官员"，更不好。好的又不出来，怎么办呢？我想，还是请批评家用吃烂苹果的方法，来救一救急罢。

我们先前的批评法，是说，这苹果有烂疤了，要不得，一下子抛掉。然而买者的金钱有限，岂不是大冤枉，而况此后还要穷下去。所以，此后似乎最好还是添几句，倘不是穿心烂，就说：这苹果有着烂疤了，然而这几处没有烂，还可以吃得。这么一办，译品的好坏是明白了，而读者的损失也可以小一点。

但这一类的批评，在中国还不大有，即以《自由谈》所登的批评为例，对于《二十世纪之欧洲文学》，就是专指烂疤的；记得先前有一篇批评邹韬奋先生所编的《高尔基》的短文，除掉指出几个缺点之外，也没有别的话。前者我没有看过，说不出另外可有什么可取的地方，但后者却曾经翻过一遍，觉得除批评者所指摘的缺点之外，另有许多记载作者的勇敢的奋斗，胥吏的卑劣的阴谋，是很有益于青年作家的，但也因为有了烂疤，就被抛在筐子外面了。

所以，我又希望刻苦的批评家来做剜烂苹果的工作，这正如"拾荒"一样，是很辛苦的，但也必要，而且大家有益的。

九月十一日。

题注：

本篇最初发表于 1933 年 9 月 14 日《申报·自由谈》。收入《准风月谈》。因《关于翻译（上）》未被发表，本篇最初发表时，将《关于翻译（上）》开头的"因为我的一篇短文"至"也恐怕都是实在的错误"一句，移至本篇的开头。在本篇发表近一年后，鲁迅在1934年7月写的《再论重译》中再次强调："我以为翻译的路要放宽，批评的工作要着重。"在1933年8月20日《十日谈》第二期上邵洵美发表《文人无行》一文，其中说："大学教授，下职官员，当局欠薪，家有儿女老少，于是在公余之暇，只得把平时借以消遣的外国小说，译一两篇来换些稿费……"

论翻印木刻

　　麦绥莱勒的连环图画四种出版并不久，日报上已有了种种的批评，这是向来的美术书出版后未能遇到的盛况，可见读书界对于这书，是十分注意的。但议论的要点，和去年已不同：去年还是连环图画是否可算美术的问题，现在却已经到了看懂这些图画的难易了。

　　出版界的进行可没有评论界的快。其实，麦绥莱勒的木刻的翻印，是还在证明连环图画确可以成为艺术这一点的。现在的社会上，有种种读者层，出版物自然也就有种种，这四种是供给智识者层的图画。然而为什么有许多地方很难懂得呢？我以为是由于经历之不同。同是中国人，倘使曾经见过飞机救国或"下蛋"，则在图上看见这东西，即刻就懂，但若历来未尝躬逢这些盛典的人，恐怕只能看作风筝或蜻蜓罢了。

　　有一种自称"中国文艺年鉴社"，而实是匿名者们所编的《中国文艺年鉴》在它的所谓"鸟瞰"中，曾经说我所发表的《连环图画辩护》虽将连环图画的艺术价值告诉了苏汶先生，但"无意中却把要是德国板画那类艺术作品搬到中国来，是否能为一般大众所理解，即是否还成其为大众艺术的问题忽略了过去，而且这种解答是对大众化的正题没有直接意义的"。这真是倘不是能编《中国文艺年鉴》的选家，就不至于说出口来的聪明话，因为我本也"不"在讨论将"德国板画搬到中国来，是否为一般大众所理解"；所辩护的只是连环图画可以成为艺术，使青年艺术学徒不被曲说所迷，敢于创作，并且逐渐产生大众化的作品而已。假使我真如那编者所希望，"有意的"来说德国板画是否就是中国的大众艺术，这可至少也得归入"低能"一类里去了。

但是，假使一定要问："要是德国板画那类艺术作品搬到中国来，是否能为一般大众所理解"呢？那么，我也可以回答：假使不是立方派，未来派等等的古怪作品，大概该能够理解一点。所理解的可以比看一本《中国文艺年鉴》多，也不至于比看一本《西湖十景》少。风俗习惯，彼此不同，有些当然是莫明其妙的，但这是人物，这是屋宇，这是树木，却能够懂得，到过上海的，也就懂得画里的电灯，电车，工厂。尤其合式的是所画的是故事，易于讲通，易于记得。古之雅人，曾谓妇人俗子，看画必问这是什么故事，大可笑。中国的雅俗之分就在此：雅人往往说不出他以为好的画的内容来，俗人却非问内容不可。从这一点看，连环图画是宜于俗人的，但我在《连环图画辩护》中，已经证明了它是艺术，伤害了雅人的高超了。

然而，虽然只对于智识者，我以为绍介了麦绥莱勒的作品也还是不够的。同是木刻，也有刻法之不同，有思想之不同，有加字的，有无字的，总得翻印好几种，才可以窥见现代外国连环图画的大概。而翻印木刻画，也较易近真，有益于观者。我常常想，最不幸的是在中国的青年艺术学徒了，学外国文学可看原书，学西洋画却总看不到原画。自然，翻板是有的，但是，将一大幅壁画缩成明信片那么大，怎能看出真相？大小是很有关系的，假使我们将象缩小如猪，老虎缩小如鼠，怎么还会令人觉得原先那种气魄呢。木刻却小品居多，所以翻刻起来，还不至于大相远。

但这还仅就绍介给一般智识者的读者层而言，倘为艺术学徒设想，锌板的翻印也还不够。太细的线，锌板上是容易消失的，即使是粗线，也能因强水浸蚀的久暂而不同，少浸太粗，久浸就太细，中国还很少制板适得其宜的名工。要认真，就只好来用玻璃板，我翻印的《士敏土之图》二百五十本，在中国便是首先的试验。施蛰存先生在《大晚报》附刊的《火炬》上说："说不定他是像鲁迅先生印珂罗版本木刻图一样的是私人精印本，属于罕见书之列"，就是在讥笑这一件事。我还亲自听到过一位青年在这"罕见书"边说，写着只印二百五十部，是骗人的，一定印的很多，印多报少，不过想抬高那书价。

他们自己没有做过"私人精印本"的可笑事，这些笑骂是都无足怪的。我只因为想供给艺术学徒以较可靠的木刻翻本，就用原画来制玻璃版，但制这版，是每制一回只能印三百幅的，多印即须另制，假如每制一幅则只印一张或多至三百张，制印费都是三元，印三百以上到六百张即需六元，九百张九元，外加纸张费。倘在大书局，大官厅，即使印一万二千本原也容易办，然而我不过一个"私人"；并非繁销书，而竟来"精印"，那当然不免为财力所限，只好单印一板了。但幸而还好，印本已经将完，可知还有人看见；至于为一般的读者，则早已用锌板复制，插在译本《士敏土》里面了，然而编辑兼批评家却不屑道。

人不严肃起来，连指导青年也可以当作开玩笑，但仅印十来幅图，认真地想过几回的人却也有的，不过自己不多说。我这回写了出来，是在向青年艺术学徒说明珂罗板一板只印三百部，是制板上普通的事，并非故意要造"罕见书"，并且希望有更多好事的"私人"，不为不负责任的话所欺，大家都来制造"精印本"。

十一月六日。

题注：

本文最初发表于上海《涛声》第二卷第四十六期（1933 年 11 月 25 日），署名旅隼。收入《南腔北调集》。1933 年 9 月，上海良友图书印刷公司出版了比利时麦绥莱勒（Frans Masereel）的木刻连环画《一个人的受难》《光明的追求》《我的忏悔》《没有字的故事》共 4 种连环木刻集，其中《一个人的受难》由鲁迅编选并作序（参见《〈一个人的受难〉序》）。

未来的光荣

张承禄

现在几乎每年总有外国的文学家到中国来，一到中国，总惹出一点小乱子。前有萧伯纳，后有德哥派拉；只有伐扬古久列，大家不愿提，或者不能提。

德哥派拉不谈政治，本以为可以跳在是非圈外的了，不料因为恭维了食与色，又挣得"外国文氓"的恶谥，让我们的论客，在这里议论纷纷。他大约就要做小说去了。

鼻子生得平而小，没有欧洲人那么高峻，那是没有法子的，然而倘使我们身边有几角钱，却一样的可以看电影。侦探片子演厌了，爱情片子烂熟了，战争片子看腻了，滑稽片子无聊了，于是乎有《人猿泰山》，有《兽林怪人》，有《斐洲探险》等等，要野兽和野蛮登场。然而在蛮地中，也还一定要穿插一点蛮婆子的蛮曲线。如果我们也还爱看，那就可见无论怎样奚落，也还是有些恋恋不舍的了，"性"之于市侩，是很要紧的。

文学在西欧，其碰壁和电影也并不两样；有些所谓文学家也者，也得找寻些奇特的（grotesque），色情的（erotic）东西，去给他们的主顾满足，因此就有探险式的旅行，目的倒并不在地主的打拱或请酒。然而倘遇呆问，则以笑话了之，他其实也知道不了这些，他也不必知道。德哥派拉不过是这些人们中的一人。

但中国人，在这类文学家的作品里，是要和各种所谓"土人"一同登场的，只要看报上所载的德哥派拉先生的路由单就知道——中国，南洋，南美。英，德之类太平常了。我们要觉悟着被描写，还要觉悟着被描写的光荣还要多起来，还要觉悟着将来会有人以有这样的事为有趣。

一月八日。

题注:

本篇最初发表于 1934 年 1 月 11 日《申报·自由谈》。收入《花边文学》。1933 年 11 月 24 日法国作家、记者德歌派拉来华。据《申报》报道，他"环游中国南北名胜，搜集新小说之资料"。德哥派拉 11 月 29 日对中国新闻界的谈话中说:"来华后最使我注意的，（一）是中国菜很好，（二）是中国女子很美。"12 月 11 日又说，"对中国的特殊感想，就是中国的摩登女子美不可言，穿的衣服如同裹在身体上，粉脸平平的"，"有一位苏州歌女雪艳琴，她在舞台上的袅婷态度，我的心被她迷住了几天。"这种言论引起了女文学家潘君英的抗议:"德氏来平，并未谈及文学，仅讥笑中国女子，中国女子认为德氏系一文氓而已。"鲁迅看到的却是中国人被当作猎奇对象，与南洋、南美一同被描写。鲁迅在 1933 年 12 月 28 日给王志之的信中也谈起此事，可参阅。

答国际文学社问

原问——

一、苏联的存在与成功，对于你怎样（苏维埃建设的十月革命，对于你的思想的路径和创作的性质，有什么改变）？

二、你对于苏维埃文学的意见怎样？

三、在资本主义的各国，什么事件和种种文化上的进行，特别引起你的注意？

一，先前，旧社会的腐败，我是觉到了的，我希望着新的社会的起来，但不知道这"新的"该是什么；而且也不知道"新的"起来以后，是否一定就好。待到十月革命后，我才知道这"新的"社会的创造者是无产阶级，但因为资本主义各国的反宣传，对于十月革命还有些冷淡，并且怀疑。现在苏联的存在和成功，使我确切的相信无阶级社会一定要出现，不但完全扫除了怀疑，而且增加许多勇气了。但在创作上，则因为我不在革命的旋涡中心，而且久不能到各处去考察，所以我大约仍然只能暴露旧社会的坏处。

二，我只能看别国——德国，日本——的译本。我觉得现在的讲建设的，还是先前的讲战斗的——如《铁甲列车》，《毁灭》，《铁流》等——于我有兴趣，并且有益。我看苏维埃文学，是大半因为想绍介给中国，而对于中国，现在也还是战斗的作品更为紧要。

三，我在中国，看不见资本主义各国之所谓"文化"；我单知道他们和他们的奴才们，在中国正在用力学和化学的方法，还有电气机械，以拷问革命者，并且用飞机和炸弹以屠杀革命群众。

题注：

本篇最初发表于《国际文学》第三、四期合刊（1934年）。题为《中国与十月》，同年7月5日苏联《真理报》转载。收入《且介亭杂文》。第一个社会主义国家苏联的成立，开创了人类历史的新纪元。中国共产党领导的中国革命也接受了以苏联为主的国际共产主义运动的指导与援助。《国际文学》双月刊是国际革命作家联盟的机关刊物，以俄、英、法、德等文字在苏联出版。该刊1930年11月改称《世界革命文学》，1933年更名为《国际文学》。该刊编者很想知道中国著名作家鲁迅对于苏联的政治与文化等问题的意见，因此而有本篇的答问。

《萧伯纳在上海》

萧伯纳一到香港，就给了中国一个冲击，到上海后，可更甚了，定期出版物上几乎都有记载或批评，称赞的也有，嘲骂的也有。编者便用了剪刀和笔墨，将这些都择要汇集起来，又一一加以解剖和比较，说明了萧是一面平面的镜子，而一向在凹凸镜里见得平正的脸相的人物，这回却露出了他们的歪脸来。是一部未曾有过先例的书籍。编的是乐雯，鲁迅作序。

每本实价大洋五角。

题注：

本篇最初刊于 1934 年上海联华书局出版的《解放了的董吉诃德》书末。《萧伯纳在上海》为鲁迅与瞿秋白合编，署"乐雯编译"，1933年 3 月以野草书屋的名义出版。

谁在没落？

常庚

五月二十八日的《大晚报》告诉了我们一件文艺上的重要的新闻：

> "我国美术名家刘海粟徐悲鸿等，近在苏俄莫斯科举行中国书画展览会，深得彼邦人士极力赞美，揄扬我国之书画名作，切合苏俄正在盛行之象征主义作品。爱苏俄艺术界向分写实与象征两派，现写实主义已渐没落，而象征主义则经朝野一致提倡，引成欣欣向荣之概。自彼邦艺术家见我国之书画作品深合象征派后，即忆及中国戏剧亦必采取象征主义。因拟……邀中国戏曲名家梅兰芳等前往奏艺。此事已由俄方与中国驻俄大使馆接洽，同时苏俄驻华大使鲍格莫洛夫亦奉到训令，与我方商洽此事。……"

这是一个喜讯，值得我们高兴的。但我们当欣喜于"发扬国光"之后，还应该沉静一下，想到以下的事实——

一，倘说：中国画和印象主义有一脉相通，那倒还说得下去的，现在以为"切合苏俄正在盛行之象征主义"，却未免近于梦话。半枝紫藤，一株松树，一个老虎，几匹麻雀，有些确乎是不像真的，但那是因为画不像的缘故，何尝"象征"着别的什么呢？

二，苏俄的象征主义的没落，在十月革命时，以后便崛起了构成主义，而此后又渐为写实主义所排去。所以倘说：构成主义已渐没落，而写实主义"引成欣欣向荣之概"，那是说得下去的。不然，便是梦话。苏俄文艺界上，象征主义的作品有些什么呀？

三，脸谱和手势，是代数，何尝是象征。它除了白鼻梁表丑脚，花脸表强人，执鞭表骑马，推手表开门之外，那里还有什么说不出，做不出的深意义？

欧洲离我们也真远，我们对于那边的文艺情形也真的不大分明，但是，现在二十世纪已经度过了三分之一，粗浅的事是知道一点的了，这样的新闻倒令人觉得是"象征主义作品"，它象征着他们的艺术的消亡。

五月三十日。

题注：

本篇最初发表于1934年6月2日《中华日报·动向》。收入《花边文学》。《大晚报》及其副刊《火炬》秉承当局的旨意，诋毁左翼文艺运动。1934年5月28日《大晚报》上有一篇《梅兰芳赴苏俄》的文章，歪曲事实，影射苏联文学没落。鲁迅在《伪自由书·后记》中说："在我的发表短评时中，攻击得最烈的是《大晚报》。"当时苏联正提倡社会主义现实主义，文艺界欣欣向荣。《大晚报》的文章想说苏联的艺术没落，实际上处处显示自己才代表了"没落"的艺术，所以鲁迅问："谁在没落？"

《引玉集》广告

最新木刻　限定版二百五十本

原拓精印　每本实价一元五角

　　敝书屋搜集现代版画，已历数年，西欧重价名作，所得有限，而新俄单幅及插画木刻，则有一百余幅之多，皆用中国白纸换来，所费无几。且全系作者从原版手拓，与印入书中及锌版翻印者，有霄壤之别。今为答作者之盛情，供中国青年艺术家之参考起见，特选出五十九幅，嘱制版名手，用玻璃版精印，神采奕奕，殆可乱真，并加序跋，装成一册，定价低廉，近乎赔本，盖近来中国出版界之创举也。但册数无多，且不再版，购宜从速，庶免空回。上海北四川路底施高塔路十一号内山书店代售，函购须加邮费一角四分。

三闲书屋谨白。

题注:

本篇最初发表于 1934 年 6 月 1 日《文学》月刊第二卷第六号"广告"栏。《引玉集》,鲁迅编辑的苏联木刻画集,1934 年 3 月以"三闲书屋"名义自费印行。

拿来主义

　　中国一向是所谓"闭关主义"，自己不去，别人也不许来。自从给枪炮打破了大门之后，又碰了一串钉子，到现在，成了什么都是"送去主义"了。别的且不说罢，单是学艺上的东西，近来就先送一批古董到巴黎去展览，但终"不知后事如何"；还有几位"大师"们捧着几张古画和新画，在欧洲各国一路的挂过去，叫作"发扬国光"。听说不远还要送梅兰芳博士到苏联去，以催进"象征主义"，此后是顺便到欧洲传道。我在这里不想讨论梅博士演艺和象征主义的关系，总之，活人替代了古董，我敢说，也可以算得显出一点进步了。

　　但我们没有人根据了"礼尚往来"的仪节，说道：拿来！

　　当然，能够只是送出去，也不算坏事情，一者见得丰富，二者见得大度。尼采就自诩过他是太阳，光热无穷，只是给与，不想取得。然而尼采究竟不是太阳，他发了疯。中国也不是，虽然有人说，掘起地下的煤来，就足够全世界几百年之用。但是，几百年之后呢？几百年之后，我们当然是化为魂灵，或上天堂，或落了地狱，但我们的子孙是在的，所以还应该给他们留下一点礼品。要不然，则当佳节大典之际，他们拿不出东西来，只好磕头贺喜，讨一点残羹冷炙做奖赏。

这种奖赏，不要误解为"抛来"的东西，这是"抛给"的，说得冠冕些，可以称之为"送来"，我在这里不想举出实例。

我在这里也并不想对于"送去"再说什么，否则太不"摩登"了。我只想鼓吹我们再吝啬一点，"送去"之外，还得"拿来"，是为"拿来主义"。

但我们被"送来"的东西吓怕了。先有英国的鸦片，德国的废枪炮，后有法国的香粉，美国的电影，日本的印着"完全国货"的各种小东西。于是连清醒的青年们，也对于洋货发生了恐怖。其实，这正是因为那是"送来"的，而不是"拿来"的缘故。

所以我们要运用脑髓，放出眼光，自己来拿！

譬如罢，我们之中的一个穷青年，因为祖上的阴功（姑且让我这么说说罢），得了一所大宅子，且不问他是骗来的，抢来的，或合法继承的，或是做了女婿换来的。那么，怎么办呢？我想，首先是不管三七二十一，"拿来"！但是，如果反对这宅子的旧主人，怕给他的东西染污了，徘徊不敢走进门，是孱头；勃然大怒，放一把火烧光，算是保存自己的清白，则是昏蛋。不过因为原是羡慕这宅子的旧主人的，而这回接受一切，欣欣然的蹩进卧室，大吸剩下的鸦片，那当然更是废物。"拿来主义"者是全不这样的。

他占有，挑选。看见鱼翅，并不就抛在路上以显其"平民化"，只要有养料，也和朋友们像萝卜白菜一样的吃掉，只不用它来宴大宾；看见鸦片，也不当众摔在毛厕里，以见其彻底革命，只送到药房里去，以供治病之用，却不弄"出售存膏，售完即止"的玄虚。只有烟枪和烟灯，虽然形式和印度，波斯，阿剌伯的烟具都不同，确可以算是一种国粹，倘使背着周游世界，一定会有人看，但我想，除了送一点进博物馆之外，其余的是大可以毁掉的了。还有一群姨太太，也大以请她们各自走散为是，要不然，"拿来主义"怕未免有些危机。

总之，我们要拿来。我们要或使用，或存放，或毁灭。那么，主人是新主人，宅子也就会成为新宅子。然而首先要这人沉着，勇猛，有辨别，不自私。没有拿来的，人不能自成为新人，没有拿来的，文艺不能自成为新文艺。

六月四日。

题注：

本篇最初发表于 1934 年 6 月 7 日上海《中华日报·动向》，署名霍冲。收入《且介亭杂文》。鲁迅一直注意汲取人类一切优秀文化成果。早年留学日本，即提出"别求新声于异邦"（《摩罗诗力说》），"明哲之士，必洞达世界之大势，权衡较量，去其偏颇，得其神明，施之中国，翕合无间。外之既不后于世界之思潮，内之仍弗失固有之血脉，取今复古，别立新宗，人生意义，致之深邃，则国人之自觉至，个性张，沙聚之邦，由是转为人国"（《文化偏至论》）。鲁迅致力于翻译外国的哲史艺文和自然科学著作，且毕生从事。针对当时的思想文化界偏重于向国外"展示"古文明、"发扬国光"，而不善于汲取和"拿来"的状况，鲁迅写作了本文。

论重译

史贲

穆木天先生在二十一日的《火炬》上，反对作家的写无聊的游记之类，以为不如给中国介绍一点上起希腊罗马，下至现代的文学名作。我以为这是很切实的忠告。但他在十九日的《自由谈》上，却又反对间接翻译，说"是一种滑头办法"，虽然还附有一些可恕的条件。这是和他后来的所说冲突的，也容易启人误会，所以我想说几句。

重译确是比直接译容易。首先，是原文的能令译者自惭不及，怕敢动笔的好处，先由原译者消去若干部分了。译文是大抵比不上原文的，就是将中国的粤语译为京语，或京语译成沪语，也很难恰如其分。在重译，便减少了对于原文的好处的踌躇。其次，是难解之处，忠实的译者往往会有注解，可以一目了然，原书上倒未必有。但因此，也常有直接译错误，而间接译却不然的时候。

懂某一国文，最好是译某一国文学，这主张是断无错误的，但是，假使如此，中国也就难有上起希罗，下至现代的文学名作的译本了。中国人所懂的外国文，恐怕是英文最多，日文次之，倘不重译，我们将只能看见许多英美和日本的文学作品，不但没有伊卜生，没有伊本涅支，连极通行的安徒生的童话，西万提司的《吉诃德先生》，也无从看见了。这是何等可怜的眼界。自然，中国未必没有精通丹麦，诺威，西班牙文字的人们，然而他们至今没有译，我们现在的所有，都是从英文重译的。连苏联的作品，也大抵是从英法文重译的。

所以我想，对于翻译，现在似乎暂不必有严峻的堡垒。最要紧的是要看译文的佳良与否，直接译或间接译，是不必置重的；是否投机，也不必推问的。深通原译文的趋时者的重译本，有时会比不甚懂原文的忠实者的直接译本好，日本改造社译的《高尔基全集》，曾被有一些革命者斥责为投机，但革命者的译本出，却反而显出前一本的优良了。不过也还要附一个条件，并不很懂原译文的趋时者的速成译本，可实在是不可恕的。

待到将来各种名作有了直接译本，则重译本便是应该淘汰的时候，然而必须那译本比旧译本好，不能但以"直接翻译"当作护身的挡牌。

六月二十四日。

题注：

本篇最初发表于 1934 年 6 月 27 日《申报·自由谈》。收入《花边文学》。1934 年 6 月 19 日，穆木天在《申报·自由 谈》上发表《各尽所能》一文，说："有人英文很好，不译英美文学，而去投机取巧地去间接译法国的文学，这是不好的。因为间接翻译，是一种滑头办法。"6月 21 日，穆木天在《大晚报·火炬》上发表《谈游记之类》一文。鲁迅赞同穆木天提出介绍外国文学名著的主张，但不同意他反对间接翻译，即重译的看法，因此写作本文，阐明自己的意见。鲁迅对重译的意见可参阅本书《再论重译》一文。

再论重译

史贲

　　看到穆木天先生的《论重译及其他》下篇的末尾，才知道是在释我的误会。我却觉得并无什么误会，不同之点，只在倒过了一个轻重，我主张首先要看成绩的好坏，而不管译文是直接或间接，以及译者是怎样的动机。

　　木天先生要译者"自知"，用自己的长处，译成"一劳永逸"的书。要不然，还是不动手的好。这就是说，与其来种荆棘，不如留下一片白地，让别的好园丁来种可以永久观赏的佳花。但是，"一劳永逸"的话，有是有的，而"一劳永逸"的事却极少，就文字而论，中国的这方块字便决非"一劳永逸"的符号。况且白地也决不能永久的保留，既有空地，便会生长荆棘或雀麦。最要紧的是有人来处理，或者培植，或者删除，使翻译界略免于芜杂。这就是批评。

　　然而我们向来看轻着翻译，尤其是重译。对于创作，批评家是总算时时开口的，一到翻译，则前几年还偶有专指误译的文章，近来就极其少见；对于重译的更其少。但在工作上，批评翻译却比批评创作难，不但看原文须有译者以上的工力，对作品也须有译者以上的理解。如木天先生所说，重译有数种译本作参考，这在译者是极为便利的，因为甲译本可疑时，能够参看乙译本。直接译就不然了，一有不懂的地方，便无法可想，因为世界上是没有用了不同的文章，来写两部意义句句相同的作品的作者的。重译的书之多，这也许是一种原因，说偷懒也行，但大约也还是语学的力量不足的缘故。遇到这种参酌各本而成的译本，批评就更为难了，至少也得能看各种原译本。如陈源译的《父与子》，鲁迅译的《毁灭》，就都属于这一类的。

我以为翻译的路要放宽，批评的工作要着重。倘只是立论极严，想使译者自己慎重，倒会得到相反的结果，要好的慎重了，乱译者却还是乱译，这时恶译本就会比稍好的译本多。

临末还有几句不大紧要的话。木天先生因为怀疑重译，见了德译本之后，连他自己所译的《塔什干》，也定为法文原译是删节本了。其实是不然的。德译本虽然厚，但那是两部小说合订在一起的，后面的大半，就是绥拉菲摩维支的《铁流》。所以我们所有的汉译《塔什干》，也并不是节本。

七月三日。

题注：

本篇最初发表于1934年7月7日《申报·自由谈》。收入《花边文学》。本文是鲁迅继《论重译》后再一次发表对重译的看法。1934年7月2日穆木天在《申报·自由谈》发表《论重译及其他（下）》，说："我们作翻译时，须有权变的办法，但是，一劳永逸的办法，也是不能忽视的。我们在不得已的条件下自然是要容许，甚至要求间接翻译，但是，我们也要防止那些阻碍真实的直接翻译本的间接译出的劣货。"又说，"看见史贲先生的《论重译》，使我不得不发表出来以上的意见，以释其误会。"穆木天 6 月 30 日在《申报·自由谈》上的《论重译及其他（上）》一文说："我是从法文本译过涅维洛夫的《塔什干》的，可是去年看见该书的德译本，比法译本分量多过几乎有一倍。"《塔什干》原名《丰饶的城塔什干》，1930 年 4 月上海北新书局出版，封面书名题《丰饶的城》。鲁迅认为穆木天译的不是节本，须指出，所以写本文。

拿破仑与隋那

我认识一个医生，忙的，但也常受病家的攻击，有一回，自解自叹道：要得称赞，最好是杀人，你把拿破仑和隋那（Edward Jenner，1749—1823）去比比看……

我想，这是真的。拿破仑的战绩，和我们什么相干呢，我们却总敬服他的英雄。甚而至于自己的祖宗做了蒙古人的奴隶，我们却还恭维成吉思汗；从现在的卐字眼睛看来，黄人已经是劣种了，我们却还夸耀希特拉。

因为他们三个，都是杀人不眨眼的大灾星。

但我们看看自己的臂膊，大抵总有几个疤，这就是种过牛痘的痕迹，是使我们脱离了天花的危症的。自从有这种牛痘法以来，在世界上真不知救活了多少小孩子，——虽然有些人大起来也还是去给英雄们做炮灰，但我们有谁记得这发明者隋那的名字呢？

杀人者在毁坏世界，救人者在修补它，而炮灰资格的诸公，却总在恭维杀人者。

这看法倘不改变，我想，世界是还要毁坏，人们也还要吃苦的。

> 十一月六日。

题注：

　　本篇最初收入上海生活书店编辑出版的《文艺日记》（1935 年）。收入《且介亭杂文》。隋那，通译琴纳，英国医学家，牛痘接种的创始人。生活书店是邹韬奋等于 1933 年 7 月创办于上海的出版社，曾印行过鲁迅的译作《表》《小约翰》《桃色的云》等，出版《生活》《文学》《太白》《译文》等刊物。鲁迅日记 1934 年 11 月 6 日记有"寄河清信并短文一篇"，1935 年 1 月 24 日记有"得生活书店信并《文艺日记》稿费三元"，所指即本文。

《十竹斋笺谱》牌记

中华民国二十三年十二月，版画丛刊会假通县王孝慈先生藏本翻印。编者鲁迅，西谛；画者王荣麟；雕者左万川；印者崔毓生，岳海亭；经理其事者，北平荣宝斋也。纸墨良好，镂印精工，近时少见，明鉴者知之矣。

题注：

本篇最初收入 1934 年 12 月翻印的《十竹斋笺谱》第一卷。初未收集。《十竹斋笺谱》，明末胡正言编，共 4 卷，收木版彩色水印诗笺 280 多幅，明崇祯十七年（1644）印行。1934 年底，鲁迅与郑振铎以"版画丛刊会"名义翻印。鲁迅生前只出了一卷，其他各卷 1941 年 7 月才由郑振铎主持出齐。

非有复译不可

好像有人说过，去年是"翻译年"；其实何尝有什么了不起的翻译，不过又给翻译暂时洗去了恶名却是真的。

可怜得很，还只译了几个短篇小说到中国来，创作家就出现了，说它是媒婆，而创作是处女。在男女交际自由的时候，谁还喜欢和媒婆周旋呢，当然没落。后来是译了一点文学理论到中国来，但"批评家"幽默家之流又出现了，说是"硬译"，"死译"，"好像看地图"，幽默家还从他自己的脑子里，造出可笑的例子来，使读者们"开心"，学者和大师们的话是不会错的，"开心"也总比正经省力，于是乎翻译的脸上就被他们画上了一条粉。

但怎么又来了"翻译年"呢，在并无什么了不起的翻译的时候？不是夸大和开心，它本身就太轻飘飘，禁不起风吹雨打的缘故么？

于是有些人又记起了翻译，试来译几篇。但这就又是"批评家"的材料了，其实，正名定分，他是应该叫作"唠叨家"的，是创作家和批评家以外的一种，要说得好听，也可以谓之"第三种"。他像后街的老虔婆一样，并不大声，却在那里唠叨，说是莫非世界上的名著都译完了吗，你们只在译别人已经译过的，有的还译过了七八次。

记得中国先前，有过一种风气，遇见外国——大抵是日本——有一部书出版，想来当为中国人所要看的，便往往有人在报上登出广告来，说"已在开译，请万勿重译为幸"。他看得译书好像订婚，自己首先套上订婚戒指了，别人便莫作非分之想。自然，译本是未必一定出版的，倒是暗中解约的居多；不过别人却也因此不敢译，新妇就在闺中老掉。这种广告，现在是久不看见了，但我们今年的唠叨家，却正继承着这一派的正统。他看得翻译好像结婚，有人译过了，第二个便不该再来碰一下，否则，就仿佛引诱了有夫之妇似的，他要来唠叨，当然罗，是维持风化。但在这唠叨里，他不也活活的画出了自己的猥琐的嘴脸了么？

　　前几年，翻译的失了一般读者的信用，学者和大师们的曲说固然是原因之一，但在翻译本身也有一个原因，就是常有胡乱动笔的译本。不过要击退这些乱译，诬赖，开心，唠叨，都没有用处，唯一的好方法是又来一回复译，还不行，就再来一回。譬如赛跑，至少总得有两个人，如果不许有第二人入场，则先在的一个永远是第一名，无论他怎样蹩脚。所以讥笑复译的，虽然表面上好像关心翻译界，其实是在毒害翻译界，比诬赖，开心的更有害，因为他更阴柔。

　　而且复译还不止是击退乱译而已，即使已有好译本，复译也还是必要的。曾有文言译本的，现在当改译白话，不必说了。即使先出的白话译本已很可观，但倘使后来的译者自己觉得可以译得更好，就不妨再来译一遍，无须客气，更不必管那些无聊的唠叨。取旧译的长处，再加上自己的新心得，这才会成功一种近于完全的定本。但因言语跟着时代的变化，将来还可以有新的复译本的，七八次何足为奇，何况中国其实也并没有译过七八次的作品。如果已经有，中国的新文艺倒也许不至于现在似的沉滞了。

三月十六日。

题注：

本文最初发表于上海《文学》月刊第四卷第四号"文学论坛"栏（1935 年 4 月 1 日），署名庚。收入《且介亭杂文二集》。当时中国文坛上重创作，轻翻译，尤其是对"复译"多有指摘。如郭沫若在《民铎》月刊第二卷第五号（1921 年 2 月）发表的致该刊编辑的信中说："我觉得国内人士只注重媒婆，而不注重处子；只注重翻译，而不注重产生。"而《文学》第四卷第一号（1935 年 1 月）"文学论坛"栏所载的《今年该是什么年》一文则说："过去的一年是'杂志年'，这好像大家都已承认了。今年该是什么年呢？记得也早已有人预测过——不，祝愿过——该是'翻译年'。"另有些译者，为了吓退后来者，垄断著作的翻译权，从中渔利，也反对复译。针对中国翻译界的现状，鲁迅写作了本文。

"题未定"草（一至三）

一

极平常的豫想，也往往会给实验打破。我向来总以为翻译比创作容易，因为至少是无须构想。但到真的一译，就会遇着难关，譬如一个名词或动词，写不出，创作时候可以回避，翻译上却不成，也还得想，一直弄到头昏眼花，好像在脑子里面摸一个急于要开箱子的钥匙，却没有。严又陵说，"一名之立，旬月踌躇"，是他的经验之谈，的的确确的。

新近就因为豫想的不对，自己找了一个苦吃。《世界文库》的编者要我译果戈理的《死魂灵》，没有细想，一口答应了。这书我不过曾经草草的看过一遍，觉得写法平直，没有现代作品的希奇古怪，那时的人们还在蜡烛光下跳舞，可见也不会有什么摩登名词，为中国所未有，非译者来闭门生造不可的。我最怕新花样的名词，譬如电灯，其实也不算新花样了，一个电灯的另件，我叫得出六样：花线，灯泡，灯罩，沙袋，扑落，开关。但这是上海话，那后三个，在别处怕就行不通。《一天的工作》里有一篇短篇，讲到铁厂，后来有一位在北方铁厂里的读者给我一封信，说其中的机件名目，没有一个能够使他知道实物是什么的。呜呼，——这里只好呜呼了——其实这些名目，大半乃是十九世纪末我在江南学习挖矿时，得之老师的传授。不知是古今异时，还是南北异地之故呢，隔膜了。在青年文学家靠它修养的《庄子》和《文选》或者明人小品里，也找不出那些名目来。没有法子。"三十六着，走为上着"，最没有弊病的是莫如不沾手。

可恨我还太自大，竟又小觑了《死魂灵》，以为这倒不算什么，担当回来，真的又要翻译了。于是"苦"字上头。仔细一读，不错，写法的确不过平铺直叙，但到处是刺，有的明白，有的却隐藏，要感得到；虽然重译，也得竭力保存它的锋头。里面确没有电灯和汽车，然而十九世纪上半期的菜单，赌具，服装，也都是陌生家伙。这就势必至于字典不离手，冷汗不离身，一面也自然只好怪自己语学程度的不够格。但这一杯偶然自大了一下的罚酒是应该喝干的：硬着头皮译下去。到得烦厌，疲倦了的时候，就随便拉本新出的杂志来翻翻，算是休息。这是我的老脾气，休息之中，也略含幸灾乐祸之意，其意若曰：这回是轮到我舒舒服服的来看你们在闹什么花样了。

好像华盖运还没有交完，仍旧不得舒服。拉到手的是《文学》四卷六号，一翻开来，卷头就有一幅红印的大广告，其中说是下一号里，要有我的散文了，题目叫作"未定"。往回一想，编辑先生的确曾经给我一封信，叫我寄一点文章，但我最怕的正是所谓做文章，不答。文章而至于要做，其苦可知。不答者，即答曰不做之意。不料一面又登出广告来了，情同绑票，令我为难。但同时又想到这也许还是自己错，我曾经发表过，我的文章，不是涌出，乃是挤出来的。他大约正抓住了这弱点，在用挤出法；而且我遇见编辑先生们时，也间或觉得他们有想挤之状，令人寒心。先前如果说："我的文章，是挤也挤不出来的"，那恐怕要安全得多了，我佩服陀思妥也夫斯基的少谈自己，以及有些文豪们的专讲别人。

但是，积习还未尽除，稿费又究竟可以换米，写一点也还不算什么"冤沉海底"。笔，是有点古怪的，它有编辑先生一样的"挤"的本领。袖手坐着，想打盹，笔一在手，面前放一张稿子纸，就往往会莫名其妙的写出些什么来。自然，要好，可不见得。

二

还是翻译《死魂灵》的事情。躲在书房里，是只有这类事情的。动笔之前，就先得解决一个问题：竭力使它归化，还是尽量保存洋气呢？日本文的译者上田进君，是主张用前一法的。他以为讽刺作品的翻译，第一当求其易懂，愈易懂，效力也愈广大。所以他的译文，有时就化一句为数句，很近于解释。我的意见却两样的。只求易懂，不如创作，或者改作，将事改为中国事，人也化为中国人。如果还是翻译，那么，首先的目的，就在博览外国的作品，不但移情，也要益智，至少是知道何地何时，有这等事，和旅行外国，是很相像的：它必须有异国情调，就是所谓洋气。其实世界上也不会有完全归化的译文，倘有，就是貌合神离，从严辨别起来，它算不得翻译。凡是翻译，必须兼顾着两面，一当然力求其易解，一则保存着原作的丰姿，但这保存，却又常常和易懂相矛盾：看不惯了。不过它原是洋鬼子，当然谁也看不惯，为比较的顺眼起见，只能改换他的衣裳，却不该削低他的鼻子，剜掉他的眼睛。我是不主张削鼻剜眼的，所以有些地方，仍然宁可译得不顺口。只是文句的组织，无须科学理论似的精密了，就随随便便，但副词的"地"字，却还是使用的，因为我觉得现在看惯了这字的读者已经很不少。

然而"幸乎不幸乎"，我竟因此发见我的新职业了：做西崽。

还是当作休息的翻杂志，这回是在《人间世》二十八期上遇见了林语堂先生的大文，摘录会损精神，还是抄一段——

"……今人一味仿效西洋，自称摩登，甚至不问中国文法，必欲仿效英文，分'历史地'为形容词，'历史地的'为状词，以模仿英文之historic-al-ly，拖一西洋辫子，然则'快来'何不因'快'字是状词而改为'快地的来'？此类把戏，只是洋场孽少怪相，谈文学虽不足，当西崽颇有才。此种流风，其弊在奴，救之之道，在于思。"（《今文八弊》中）

其实是"地"字之类的采用，并非一定从高等华人所擅长的英文而来的。"英文""英文"，一笑一笑。况且看上文的反问语气，似乎"一味仿效西洋"的"今人"，实际上也并不将"快来"改为"快地的来"，这仅是作者的虚构，所以助成其名文，殆即所谓"保得自身为主，则圆通自在，大畅无比"之例了。不过不切实，倘是"自称摩登"的"今人"所说，就是"其弊在浮"。

倘使我至今还住在故乡，看了这一段文章，是懂得，相信的。我们那里只有几个洋教堂，里面想必各有几位西崽，然而很难得遇见。要研究西崽，只能用自己做标本，虽不过"颇"，也够合用了。又是"幸乎不幸乎"，后来竟到了上海，上海住着许多洋人，因此有着许多西崽，因此也给了我许多相见的机会；不但相见，我还得了和他们中的几位谈天的光荣。不错，他们懂洋话，所懂的大抵是"英文"，"英文"，然而这是他们的吃饭家伙，专用于服事洋东家的，他们决不将洋辫子拖进中国话里来，自然更没有捣乱中国文法的意思，有时也用几个音译字，如"那摩温"，"土司"之类，但这也是向来用惯的话，并非标新立异，来表示自己的摩登的。他们倒是国粹家，一有余闲，拉皮胡，唱《探母》；上工穿制服，下工换华装，间或请假出游，有钱的就是缎鞋绸衫子。不过要戴草帽，眼镜也不用玳瑁边的老样式，倘用华洋的"门户之见"看起来，这两样却不免是缺点。

又倘使我要另找职业，能说英文，我可真的肯去做西崽的，因为我以为用工作换钱，西崽和华仆在人格上也并无高下，正如用劳力在外资工厂或华资工厂换得工资，或用学费在外国大学或中国大学取得资格，都没有卑贱和清高之分一样。西崽之可厌不在他的职业，而在他的"西崽相"。这里之所谓"相"，非说相貌，乃是"诚于中而形于外"的，包括着"形式"和"内容"而言。这"相"，是觉得洋人势力，高于群华人，自己懂洋话，近洋人，所以也高于群华人；但自己又系出黄帝，有古文明，深通华情，胜洋鬼子，所以也胜于势力高于群华人的洋人，因此也更胜于还在洋人之下的群华人。租界上的中国巡捕，也常常有这一种"相"。

倚徙华洋之间，往来主奴之界，这就是现在洋场上的"西崽相"。但又并不是骑墙，因为他是流动的，较为"圆通自在"，所以也自得其乐，除非你扫了他的兴头。

三

由前所说，"西崽相"就该和他的职业有关了，但又不全和职业相关，一部份却来自未有西崽以前的传统。所以这一种相，有时是连清高的士大夫也不能免的。"事大"，历史上有过的，"自大"，事实上也常有的；"事大"和"自大"，虽然不相容，但因"事大"而"自大"，却又为实际上所常见——他足以傲视一切连"事大"也不配的人们。有人佩服得五体投地的《野叟曝言》中，那"居一人之下，在众人之上"的文素臣，就是这标本。他是崇华，抑夷，其实却是"满崽"；古之"满崽"，正犹今之"西崽"也。

所以虽是我们读书人，自以为胜西崽远甚，而洗伐未净，说话一多，也常常会露出尾巴来的。再抄一段名文在这里——

"……其在文学，今日绍介波兰诗人，明日绍介捷克文豪，而对于已经闻名之英美法德文人，反厌为陈腐，不欲深察，求一究竟。此与妇女新装求入时一样，总是媚字一字不是，自叹女儿身，事人以颜色，其苦不堪言。此种流风，其弊在浮，救之之道，在于学。"（《今文八弊》中）

但是，这种"新装"的开始，想起来却长久了，"绍介波兰诗人"，还在三十年前，始于我的《摩罗诗力说》。那时满清宰华，汉民受制，中国境遇，颇类波兰，读其诗歌，即易于心心相印，不但无事大之意，也不存献媚之心。后来上海的《小说月报》，还曾为弱小民族作品出过专号，这种风气，现在是衰歇了，即偶有存者，也不过一脉的余波。但生长于民国的幸福的青年，是不知道的，至于附势奴才，拜金崽子，当然更不会知道。但即使现在绍介波兰诗人，捷克文豪，怎么便是"媚"呢？他们就没有"已经闻名"的文人吗？况且"已经闻名"，是谁闻其"名"，又何从而"闻"的呢？诚然，"英美法德"，在中国有宣教师，在中国现有或曾有租界，几处有驻军，几处有军舰，商人多，用西崽也多，至于使一般人仅知有"大英"，"花旗"，"法兰西"和"茄门"，而不知世界上还有波兰和捷克。但世界文学史，是用了文学的眼睛看，而不用势利眼睛看的，所以文学无须用金钱和枪炮作掩护，波兰捷克，虽然未曾加入八国联军来打过北京，那文学却在，不过有一些人，并未"已经闻名"而已。外国的文人，要在中国闻名，靠作品似乎是不够的，他反要得到轻薄。

所以一样的没有打过中国的国度的文学，如希腊的史诗，印度的寓言，亚剌伯的《天方夜谈》，西班牙的《堂·吉诃德》，纵使在别国"已经闻名"，不下于"英美法德文人"的作品，在中国却被忘记了，他们或则国度已灭，或则无能，再也用不着"媚"字。

对于这情形，我看可以先把上章所引的林语堂先生的训词移到这里来的——

"此种流风，其弊在奴，救之之道，在于思。"

不过后两句不合用，既然"奴"了，"思"亦何益，思来思去，不过"奴"得巧妙一点而已。中国宁可有未"思"的西崽，将来的文学倒较为有望。

但"已经闻名的英美法德文人"，在中国却确是不遇的。中国的立学校来学这四国语，为时已久，开初虽不过意在养成使馆的译员，但后来却展开，盛大了。学德语盛于清末的改革军操，学法语盛于民国的"勤工俭学"。学英语最早，一为了商务，二为了海军，而学英语的人数也最多，为学英语而作的教科书和参考书也最多，由英语起家的学士文人也不少。然而海军不过将军舰送人，绍介

"已经闻名"的司各德，迭更斯，狄福，斯惠夫德……的，竟是只知汉文的林纾，连绍介最大的"已经闻名"的莎士比亚的几篇剧本的，也有待于并不专攻英文的田汉。这缘故，可真是非"在于思"则不可了。

然而现在又到了"今日绍介波兰诗人，明日绍介捷克文豪"的危机，弱国文人，将闻名于中国，英美法德的文风，竟还不能和他们的财力武力，深入现在的文林，"狗逐尾巴"者既没有恒心，志在高山的又不屑动手，但见山林映以电灯，语录夹些洋话，"对于已经闻名之英美法德文人"，真不知要待何人，至何时，这才来"求一究竟"。那些文人的作品，当然也是好极了的，然甲则曰不佞望洋而兴叹，乙则曰汝辈何不潜心而探求。旧笑话云：昔有孝子，遇其父病，闻股肉可疗，而自怕痛，执刀出门，执途人臂，悍然割之，途人惊拒，孝子谓曰，割股疗父，乃是大孝，汝竟惊拒，岂是人哉！是好比方；林先生云："说法虽乖，功效实同"，是好辩解。

六月十日。

题注：

本文最初发表于上海《文学》月刊第五卷第一号（1935 年 7 月 1 日）。收入《且介亭杂文二集》。写作日期文末署 6 月 10 日，但据 6 月 9 日鲁迅日记载："夜作《题未定草》记，约四千字。"疑为 9 日夜、10 日晨，故有差异。同年 5 月 20 日林语堂在《人间世》第二十八期上发表《今文八弊》一文，对鲁迅等人译介外国文学进行嘲讽，说"一味仿效西洋，自称摩登"，是"洋场孽少"和"西崽"相；还对鲁迅等注重介绍波兰、捷克等国的作品给予贬斥。针对这种论调，鲁迅写作了本文。关于文题,《文学》杂志在未征得鲁迅同意前,就在该刊第四卷第六期上登出广告,说在下一期里将有鲁迅的散文,题目是《题未定》。鲁迅看到后颇生气,在致孟十还的信中说:"文学社的不先征同意而登广告的办法,我看是很不好的;对于我也这样。这样逼出来的成绩,总不见得佳,而且作者要起反感。"因此将题目定为《"题未定"草》,予以讥刺。

几乎无事的悲剧

果戈理（Nikolai Gogol）的名字，渐为中国读者所认识了，他的名著《死魂灵》的译本，也已经发表了第一部的一半。那译文虽然不能令人满意，但总算借此知道了从第二至六章，一共写了五个地主的典型，讽刺固多，实则除一个老太婆和吝啬鬼泼留希金外，都各有可爱之处。至于写到农奴，却没有一点可取了，连他们诚心来帮绅士们的忙，也不但无益，反而有害。果戈理自己就是地主。

然而当时的绅士们很不满意，一定的照例的反击，是说书中的典型，多是果戈理自己，而且他也并不知道大俄罗斯地主的情形。这是说得通的，作者是乌克兰人，而看他的家信，有时也简直和书中的地主的意见相类似。然而即使他并不知道大俄罗斯的地主的情形罢，那创作出来的脚色，可真是生动极了，直到现在，纵使时代不同，国度不同，也还使我们像是遇见了有些熟识的人物。讽刺的本领，在这里不及谈，单说那独特之处，尤其是在用平常事，平常话，深刻的显出当时地主的无聊生活。例如第四章里的罗士特来夫，是地方恶少式的地主，赶热闹，爱赌博，撒大谎，要恭维，——但挨打也不要紧。他在酒店里遇到乞乞科夫，夸示自己的好小狗，勒令乞乞科夫摸过狗耳朵之后，还要摸鼻子——

　　"乞乞科夫要和罗士特来夫表示好意，便摸了一下那狗的耳
朵。'是的，会成功一匹好狗的。'他加添着说。
　　"'再摸摸它那冰冷的鼻头，拿手来呀！'因为要不使他
扫兴，乞乞科夫就又一碰那鼻子，于是说道：'不是平常的
鼻子！'"

这种莽撞而沾沾自喜的主人，和深通世故的客人的圆滑的应酬，
是我们现在还随时可以遇见的，有些人简直以此为一世的交际术。
"不是平常的鼻子"，是怎样的鼻子呢？说不明的，但听者只要这样
也就足够了。后来又同到罗士特来夫的庄园去，历览他所有的田产和
东西——

　　"还去看克理米亚的母狗，已经瞎了眼，据罗士特来夫说，
是就要倒毙的。两年以前，却还是一条很好的母狗。大家也来察
看这母狗，看起来，它也确乎瞎了眼。"

这时罗士特来夫并没有说谎，他表扬着瞎了眼的母狗，看起来，
也确是瞎了眼的母狗。这和大家有什么关系呢，然而世界上有一些
人，却确是嚷闹，表扬，夸示着这一类事，又竭力证实着这一类事，
算是忙人和诚实人，在过了他的整一世。
　　这些极平常的，或者简直近于没有事情的悲剧，正如无声的言语
一样，非由诗人画出它的形象来，是很不容易觉察的。然而人们灭亡
于英雄的特别的悲剧者少，消磨于极平常的，或者简直近于没有事情

的悲剧者却多。

听说果戈理的那些所谓"含泪的微笑"，在他本土，现在是已经无用了，来替代它的有了健康的笑。但在别地方，也依然有用，因为其中还藏着许多活人的影子。况且健康的笑，在被笑的一方面是悲哀的，所以果戈理的"含泪的微笑"，倘传到了和作者地位不同的读者的脸上，也就成为健康：这是《死魂灵》的伟大处，也正是作者的悲哀处。

七月十四日。

题注：

本篇最初发表于上海《文学》月刊第五卷第二号"文学论坛"栏（1935年8月1日），署名旁。收入《且介亭杂文二集》。1935年2月起，鲁迅着手将俄国作家果戈理所作长篇小说《死魂灵》译成中文，陆续刊登于《世界文库》一至六册。本文是鲁迅翻译《死魂灵》时，有感于书中所描写人物在无聊中忙碌地度过一生的悲剧，作本文。"含泪的微笑"是普希金评论果戈理小说时的用语。

"题未定"草（五）

五

M君寄给我一封剪下来的报章。这是近十来年常有的事情，有时是杂志。闲暇时翻检一下，其中大概有一点和我相关的文章，甚至于还有"生脑膜炎"之类的恶消息。这时候，我就得预备大约一块多钱的邮票，来寄信回答陆续函问的人们。至于寄报的人呢，大约有两类：一是朋友，意思不过说，这刊物上的东西，有些和你相关；二，可就难说了，猜想起来，也许正是作者或编者，"你看，咱们在骂你了！"用的是《三国志演义》上的"三气周瑜"或"骂死王朗"的法子。不过后一种近来少一些了，因为我的战术是暂时搁起，并不给以反应，使他们诸公的刊物很少有因我而蓬蓬勃勃之望，到后来却也许会去拨一拨谁的下巴：这于他们诸公是很不利的。

M君是属于第一类的；剪报是天津《益世报》的《文学副刊》。其中有一篇张露薇先生做的《略论中国文坛》，下有一行小注道："偷懒，奴性，而忘掉了艺术"。只要看这题目，就知道作者是一位勇敢而记住艺术的批评家了。看起文章来，真的，痛快得很。我以为介绍别人的作品，删节实在是极可惜的，倘有妙文，大家都应该设法流传，万不可听其泯灭。不过纸墨也须顾及，所以只摘录了第二段，就是"永远是日本人的追随者的作家"在这里，也万不能再少，因为我实在舍不得了——

"奴隶性是最'意识正确'的东西，于是便有许多人跟着别人学口号。特别是对于苏联，在目前的中国，一般所谓作家也者，都怀着好感。可是，我们是人，我们应该有自己的人性，对于苏联的文学，尤其是对于那些由日本的浅薄的知识贩卖者所得来的一知半解的苏联的文学理论家与批评家的话，我们所取的态度决不该是应声虫式的；我们所需要的介绍的和模仿的（其实是只有抄袭和盲目的应声）方式也决不该是完全出于热情的。主观是对于事物的选择，客观才是对于事物的方法。我们有了一般奴隶性极深的作家，于是我们便有无数的空虚的标语和口号。

"然而我们没有几个懂得苏联的文学的人，只有一堆盲目的赞美者和零碎的翻译者，而赞美者往往是牛头不对马嘴的胡说，翻译者又不配合于他们的工作，不得不草率，不得不'硬译'，不得不说文不对题的话，一言以蔽之，他们的能力永远是对不起他们的思想；他们的'意识'虽然正确了，可是他们的工作却永远是不正确的。

"从苏联到中国是很近的，可是为什么就非经过日本人的手不可？我们在日本人的群中并没有发现几个真正了解苏联文学的新精神的人，为什么偏从浅薄的日本知识阶级中去寻我们的食粮？这真是一件可耻的事实。我们为什么不直接的了解？为什么不取一种纯粹客观的工作的态度？为什么人家唱'新写实主义'，我们跟着喊，人家换了'社会主义的写实主义'，我们又跟着喊；人家介绍纪德，我们才叫；人家介绍巴尔扎克，我们也号；然而我敢预言，在一千年以内：绝不会见到那些介绍纪德，巴尔扎克的人们会给中国的读者译出一两本纪德，巴尔扎克的重要著作来，全集更不必说。

"我们再退一步，对于那些所谓'文学遗产'，我们并不要求那些跟着人家对喊'文学遗产'的人们担负把那些'文学遗产'送给中国的'大众'的责任。可是我们却要求那些人们有承受那些'遗产'的义务，这自然又是谈不起来的。我们还记得在庆祝高尔基的四十年的创作生活的时候，中国也有鲁迅，丁玲一般人发了庆祝的电文；这自然是冠冕堂皇的事情。然而那一群签名者中有几个读过高尔基的十分之一的作品？有几个是知道高尔基的伟大在那儿的？……中国的知识阶级就是如此浅薄，做应声虫有余，做一个忠实的，不苟且的，有理性的文学创作者和研究者便不成了。"

五月廿九日天津《益世报》。

我并不想因此来研究"奴隶性是最'意识正确'的东西"，"主观是对于事物的选择，客观才是对于事物的方法"这些难问题；我只要说，诚如张露薇先生所言，就是在文艺上，我们中国也的确太落后。法国有纪德和巴尔扎克，苏联有高尔基，我们没有；日本叫喊起来了，我们才跟着叫喊，这也许真是"追随"而且"永远"，也就是"奴隶性"，而且是"最'意识正确'的东西"。但是，并不"追随"的叫喊其实是也有一些的，林语堂先生说过："……其在文学，今日绍介波兰诗人，明日绍介捷克文豪，而对于已经闻名之英美法德文人，反厌为陈腐，不欲深察，求一究竟。……此种流风，其弊在浮，救之之道，在于学。"（《人间世》二十八期《今文八弊》中）南北两公，眼睛都有些斜视，只看了一面，各骂了一面，独跳犹可，并排跳舞起来，那"勇敢"就未免化为有趣了。

不过林先生主张"求一究竟"，张先生要求"直接了解"，这"实事求是"之心，两位是大抵一致的，不过张先生比较的悲观，因为他是"豫言"家，断定了"在一千年以内，绝不会见到那些绍介纪德，巴尔扎克的人们会给中国的读者译出一两本纪德，巴尔扎克的重要著作来，全集更不必说"的缘故。照这"豫言"看起来，"直接了解"的张露薇先生自己，当然是一定不译的了；别人呢，我还想存疑，但可惜我活不到一千年，决没有目睹的希望。

豫言颇有点难。说得近一些，容易露破绽。还记得我们的批评家成仿吾先生手抡双斧，从《创造》的大旗下，一跃而出的时候，曾经说，他不屑看流行的作品，要从冷落堆里提出作家来。这是好的，虽然勃兰兑斯曾从冷落中提出过伊孛生和尼采，但我们似乎也难以斥他为追随或奴性。不大好的是他的这一张支票，到十多年后的现在还没有兑现。说得远一些罢，又容易成笑柄。江浙人相信风水，富翁往往豫先寻葬地；乡下人知道一个故事：有风水先生给人寻好了坟穴，起誓道："您百年之后，安葬下去，如果到第三代不发，请打我的嘴巴！"然而他的期限，比张露薇先生的期限还要少到约十分之九的样子。

然而讲已往的琐事也不易。张露薇先生说庆祝高尔基四十年创作的时候，"中国也有鲁迅，丁玲一般人发了庆祝的电文，……然而那一群签名者中有几个读过高尔基的十分之一的作品？"这质问是极不错的。我只得招供：读得很少，而且连高尔基十分之一的作品究竟是几本也不知道。不过高尔基的全集，却连他本国也还未出全，所以其实也无从计算。至于祝电，我以为打一个是应该的，似乎也并非中国人的耻辱，或者便失了人性，然而我实在却并没有发，也没有在任何电报底稿上签名。这也并非怕有"奴性"，只因没有人来邀，自己也想不到，过去了。发不妨，不发也不要紧，我想：发，高尔基大约不至于说我是"日本人的追随者的作家"，不发，也未必说我是"张露薇的追随者的作家"的。但对于绥拉菲摩维支的祝贺日，我却发过一个祝电，因为我校印过中译的《铁流》。这是在情理之中的，但也较难于想到，还不如测定为对于高尔基发电的容易。当然，随便说说也不要紧，然而，"中国的知识阶级就是如此浅薄，做应声虫有余，做一个忠实的，不苟且的，有理性的文学创作者和研究者便不成了"的话，对于有一些人却大概是真的了。

张露薇先生自然也是知识阶级，他在同阶级中发见了这许多奴隶，拿鞭子来抽，我是了解他的心情的。但他和他所谓的奴隶们，也只隔了一张纸。如果有谁看过菲洲的黑奴工头，傲然的拿鞭子乱抽着做苦工的黑奴的电影的，拿来和这《略论中国文坛》的大文一比较，便会禁不住会心之笑。那一个和一群，有这么相近，却又有这么不同，这一张纸真隔得利害：分清了奴隶和奴才。

我在这里，自以为总算又钩下了一种新的伟大人物——一九三五年度文艺"豫言"家——的嘴脸的轮廓了。

八月十六日。

题注：

本文最初发表于上海《芒种》半月刊第二卷第一期（1935 年 10

月 5 日）。收入《且介亭杂文二集》。在翻译上，鲁迅主张译文尽量忠于原著、保持原文的风格，因此被视为硬译。1935 年 5 月 29 日《益世报》的《文学副刊》发表张露薇的《略论中国文坛》一文，说鲁迅等翻译、介绍外国文学作品是"奴隶性""应声虫"等等。对此，鲁迅撰本文予以驳斥。文中所提鲁迅患脑膜炎讹传，系指 1934 年 2 月 25 日伪满《盛京时报》载文称，"左翼作家鲁迅近染脑病，亦不能执笔写作，据医生诊称，系脑膜炎之现象，苟不速治，将生危险……非休养十年，不能痊愈云。"

论毛笔之类

国货也提倡得长久了，虽然上海的国货公司并不发达，"国货城"也早已关了城门，接着就将城墙撤去，日报上却还常见关于国货的专刊。那上面，受劝和挨骂的主角，照例也还是学生，儿童和妇女。

前几天看见一篇关于笔墨的文章，中学生之流，很受了一顿训斥，说他们十分之九，是用钢笔和墨水的，这就使中国的笔墨没有出路。自然，倒并不说这一类人就是什么奸，但至少，恰如摩登妇女的爱用外国脂粉和香水似的，应负"入超"的若干的责任。

这话也并不错的。不过我想，洋笔墨的用不用，要看我们的闲不闲。我自己是先在私塾里用毛笔，后在学校里用钢笔，后来回到乡下又用毛笔的人，却以为假如我们能够悠悠然，洋洋焉，拂砚伸纸，磨墨挥毫的话，那么，羊毫和松烟当然也很不坏。不过事情要做得快，字要写得多，可就不成功了，这就是说，它敌不过钢笔和墨水。譬如在学校里抄讲义罢，即使改用墨盒，省去临时磨墨之烦，但不久，墨汁也会把毛笔胶住，写不开了，你还得带洗笔的水池，终于弄到在小小的桌子上，摆开"文房四宝"。况且毛笔尖触纸的多少，就是字的粗细，是全靠手腕作主的，因此也容易疲劳，越写越慢。闲人不要紧，一忙，就觉得无论如何，总是墨水和钢笔便当了。

青年里面，当然也不免有洋服上挂一枝万年笔，做做装饰的人，但这究竟是少数，使用者的多，原因还是在便当。便于使用的器具的力量，是决非劝谕，讥刺，痛骂之类的空言所能制止的。假如不信，你倒去劝那些坐汽车的人，在北方改用骡车，在南方改用绿呢大轿试试看。如果说这提议是笑话，那么，劝学生改用毛笔呢？现在的青年，已经成了"庙头鼓"，谁都不妨敲打了。一面有繁重的学科，古书的提倡，一面却又有教育家喟然兴叹，说他们成绩坏，不看报纸，昧于世界的大势。

但是，连笔墨也乞灵于外国，那当然是不行的。这一点，却要推前清的官僚聪明，他们在上海立过制造局，想造比笔墨更紧要的器械——虽然为了"积重难返"，终于也造不出什么东西来。欧洲人也聪明，金鸡那原是非洲的植物，因为去偷种子，还死了几个人，但竟偷到手，在自己这里种起来了，使我们现在如果发了疟疾，可以很便当的大吃金鸡那霜丸，而且还有"糖衣"，连不爱服药的娇小姐们也吃得甜蜜蜜。制造墨水和钢笔的法子，弄弄到手，是没有偷金鸡那种子那么危险的。所以与其劝人莫用墨水和钢笔，倒不如自己来造墨水和钢笔；但必须造得好，切莫"挂羊头卖狗肉"。要不然，这一番工夫就又是一个白费。

但我相信，凡是毛笔拥护论者大约也不免以我的提议为空谈：因为这事情不容易。这也是事实；所以典当业只好呈请禁止奇装异服，以免时价早晚不同，笔墨业也只好主张吮墨舐毫，以免国粹渐就沦丧。改造自己，总比禁止别人来得难。然而这办法却是没有好结果的，不是无效，就是使一部份青年又变成旧式的斯文人。

八月二十三日。

题注:

　　本篇最初发表于上海《太白》半月刊第二卷第十二期（1935年9月5日），署名黄棘。收入《且介亭杂文二集》。上海工商界为扩大宣传国货，在一些商场里特辟出临时性的国货展销场地，称为"国货城"，于1935年6月5日开幕。此后，一些报纸仍旧出版关于国货的专刊，训斥妇女和儿童。而与提倡国货相应，当时社会上一些人主张学生应使用毛笔，禁止用钢笔。反映出不问实效，盲目排外，一味保存"国粹"的保守思想。本文即针对这些论调和社会现象而作。

给《译文》编者订正的信

编辑先生：

有一点关于误译和误排的，请给我订正一下：

一、《译文》第二卷第一期的《表》里，我把Gannove译作"怪物"，后来觉得不妥，在单行本里，便据日本译本改作"头儿"。现在才知道都不对的，有一个朋友给我查出，说这是源出犹太的话，意思就是"偷儿"，或者译为上海通用话：贼骨头。

二、第六期的《恋歌》里，"虽是我的宝贝"的"虽"字，是"谁"字之误。

三、同篇的一切"橭"字，都是"槲"字之误；也有人译作"橡"，我因为发音易与制胶皮的"橡皮树"相混，所以避而不用，却不料又因形近，和"橭"字相混了。

鲁迅。九月八日。

题注：

本文最初发表于1935年9月16日《译文》月刊终刊号（总第十三号）。初未收集。

陀思妥夫斯基的事

——为日本三笠书房《陀思妥夫斯基全集》普及本作

　　到了关于陀思妥夫斯基，不能不说一两句话的时候了。说什么呢？他太伟大了，而自己却没有很细心的读过他的作品。

　　回想起来，在年青时候，读了伟大的文学者的作品，虽然敬服那作者，然而总不能爱的，一共有两个人。一个是但丁，那《神曲》的《炼狱》里，就有我所爱的异端在；有些鬼魂还在把很重的石头，推上峻峭的岩壁去。这是极吃力的工作，但一松手，可就立刻压烂了自己。不知怎地，自己也好像很是疲乏了。于是我就在这地方停住，没有能够走到天国去。

　　还有一个，就是陀思妥夫斯基。一读他二十四岁时所作的《穷人》，就已经吃惊于他那暮年似的孤寂。到后来，他竟作为罪孽深重的罪人，同时也是残酷的拷问官而出现了。他把小说中的男男女女，放在万难忍受的境遇里，来试炼它们，不但剥去了表面的洁白，拷问出藏在底下的罪恶，而且还要拷问出藏在那罪恶之下的真正的洁白来。而且还不肯爽利的处死，竭力要放它们活得长久。而这陀思妥夫斯基，则仿佛就在和罪人一同苦恼，和拷问官一同高兴着似的。这决不是平常人做得到的事情，总而言之，就因为伟大的缘故。但我自己，却常常想废书不观。

医学者往往用病态来解释陀思妥夫斯基的作品。这伦勃罗梭式的说明，在现今的大多数的国度里，恐怕实在也非常便利，能得一般人们的赞许的。但是，即使他是神经病者，也是俄国专制时代的神经病者，倘若谁身受了和他相类的重压，那么，愈身受，也就会愈懂得他那夹着夸张的真实，热到发冷的热情，快要破裂的忍从，于是爱他起来的罢。

不过作为中国读者的我，却还不能熟悉陀思妥夫斯基式的忍从——对于横逆之来的真正的忍从。在中国，没有俄国的基督。在中国，君临的是"礼"，不是神。百分之百的忍从，在未嫁就死了定婚的丈夫，坚苦的一直硬活到八十岁的所谓节妇身上，也许偶然可以发见罢，但在一般的人们，却没有。忍从的形式，是有的，然而陀思妥夫斯基式的掘下去，我以为恐怕也还是虚伪。因为压迫者指为被压迫者的不德之一的这虚伪，对于同类，是恶，而对于压迫者，却是道德的。

但是，陀思妥夫斯基式的忍从，终于也并不只成了说教或抗议就完结。因为这是当不住的忍从，太伟大的忍从的缘故。人们也只好带着罪业，一直闯进但丁的天国，在这里这才大家合唱着，再来修练天人的功德了。只有中庸的人，固然并无坠入地狱的危险，但也恐怕进不了天国的罢。

十一月二十日。

题注：

本篇原为日文，最初发表于日本东京《文艺》杂志 1936 年二月号。由鲁迅自译的中文，同时刊于1936年2月上海《青年界》月刊第九卷第二期和《海燕》月刊第二期。收入《且介亭杂文二集》。陀思妥夫斯基，通译陀思妥耶夫斯基，俄国作家。著有长篇小说《穷人》《被侮辱与被损害的》《罪与罚》等。关于本文，鲁迅在《且介亭杂文二集·后记》中谈到本文是应三笠书房之托而作，是写给读者看的绍介文，可参阅。

论新文字

汉字拉丁化的方法一出世，方块字系的简笔字和注音字母，都赛下去了，还在竞争的只有罗马字拼音。这拼法的保守者用来打击拉丁化字的最大的理由，是说它方法太简单，有许多字很不容易分别。

这确是一个缺点。凡文字，倘若容易学，容易写，常常是未必精密的。烦难的文字，固然不见得一定就精密，但要精密，却总不免比较的烦难。罗马字拼音能显四声，拉丁化字不能显，所以没有"东""董"之分，然而方块字能显"东""蝀"之分，罗马字拼音却也不能显。单拿能否细别一两个字来定新文字的优劣，是并不确当的。况且文字一用于组成文章，那意义就会明显。虽是方块字，倘若单取一两个字，也往往难以确切的定出它的意义来。例如"日者"这两个字，如果只是这两个字，我们可以作"太阳这东西"解，可以作"近几天"解，也可以作"占卜吉凶的人"解；又如"果然"，大抵是"竟是"的意思，然而又是一种动物的名目，也可以作隆起的形容；就是一个"一"字，在孤立的时候，也不能决定它是数字"一二三"之"一"呢，还是动词"四海一"之"一"。不过组织在句子里，这疑难就消失了。所以取拉丁化的一两个字，说它含胡，并不是正当的指摘。

主张罗马字拼音和拉丁化者两派的争执，其实并不在精密和粗疏，却在那由来，也就是目的。罗马字拼音者是以古来的方块字为主，翻成罗马字，使大家都来照这规矩写，拉丁化者却以现在的方言为主，翻成拉丁字，这就是规矩。假使翻一部《诗韵》来作比赛，后者是赛不过的，然而要写出活人的口语来，倒轻而易举。这一点，就可以补它的不精密的缺点而有余了，何况后来还可以凭着实验，逐渐补正呢。

易举和难行是改革者的两大派。同是不满于现状，但打破现状的手段却大不同：一是革新，一是复古。同是革新，那手段也大不同：一是难行，一是易举。这两者有斗争。难行者的好幌子，一定是完全和精密，借此来阻碍易举者的进行，然而它本身，却因为是虚悬的计划，结果总并无成就：就是不行。

这不行，可又正是难行的改革者的慰藉，因为它虽无改革之实，却有改革之名。有些改革者，是极爱谈改革的，但真的改革到了身边，却使他恐惧。惟有大谈难行的改革，这才可以阻止易举的改革的到来，就是竭力维持着现状，一面大谈其改革，算是在做他那完全的改革的事业。这和主张在床上学会了浮水，然后再去游泳的方法，其实是一样的。

拉丁化却没有这空谈的弊病，说得出，就写得来，它和民众是有联系的，不是研究室或书斋里的清玩，是街头巷尾的东西；它和旧文字的关系轻，但和人民的联系密，倘要大家能够发表自己的意见，收获切要的知识，除它以外，确没有更简易的文字了。

而且由只识拉丁化字的人们写起创作来，才是中国文学的新生，才是现代中国的新文学，因为他们是没有中一点什么《庄子》和《文选》之类的毒的。

十二月二十三日。

题注：

　　本篇最初发表于1936年1月11日上海《时事新报》副刊《每周文学》，署名旅隼。收入《且介亭杂文二集》。当时中国文化界正在开展有关文字改革的讨论。1931年由吴玉章等人拟定了"拉丁化新文字方案"，其特点是用拉丁字母拼写汉字，不标记声调。"罗马字拼音"，指"国语罗马字拼音法式"，其特点是有详细的拼调规则，但繁复难学。有人在主张罗马拼音字的同时，批评汉字拉丁化的拼法简单粗疏。至1934、1935年间形成了主张使用罗马字与使用拉丁字两派。鲁迅是支持汉字拉丁化运动的，因此写作了本文。

《死魂灵百图》小引

　　果戈理开手作《死魂灵》第一部的时候，是一八三五年的下半年，离现在足有一百年了。幸而，还是不幸呢，其中的许多人物，到现在还很有生气，使我们不同国度，不同时代的读者，也觉得仿佛写着自己的周围，不得不叹服他伟大的写实的本领。不过那时的风尚，却究竟有了变迁，例如男子的衣服，和现在虽然小异大同，而闺秀们的高髻圆裙，则已经少见；那时的时髦的车子，并非流线形的摩托卡，却是三匹马拉的篷车，照着跳舞夜会的所谓眩眼的光辉，也不是电灯，只不过许多插在多臂烛台上的蜡烛：凡这些，倘使没有图画，是很难想像清楚的。

　　关于《死魂灵》的有名的图画，据里斯珂夫说，一共有三种，而最正确和完备的是阿庚的百图。这图画先有七十二幅，未详何年出版，但总在一八四七年之前，去现在也快要九十年；后来即成为难得之品，新近苏联出版的《文学辞典》里，曾采它为插画，可见已经是有了定评的文献了。虽在它的本国，恐怕也只能在图书馆中相遇，更何况在我们中国。今年秋末，孟十还君忽然在上海的旧书店里看到了这画集，便像孩子望见了糖果似的，立刻奔走呼号，总算弄到手里了，是一八九三年印的第四版，不但百图完备，还增加了收藏家蔼甫列摩夫所藏的三幅，并那时的广告画和第一版封纸上的小图各一幅，共计一百零五图。

这大约是十月革命之际，俄国人带了逃出国外来的；他该是一个爱好文艺的人，抱守了十六年，终于只好拿它来换衣食之资；在中国，也许未必有第二本。藏了起来，对己对人，说不定都是一种罪业，所以现在就设法来翻印这一本书，除绍介外国的艺术之外，第一，是在献给中国的研究文学，或爱好文学者，可以和小说相辅，所谓“左图右史”，更明白十九世纪上半的俄国中流社会的情形，第二，则想献给插画家，借此看看别国的写实的典型，知道和中国向来的“出相”或“绣像”有怎样的不同，或者能有可以取法之处；同时也以慰售出这本画集的人，将他的原本化为千万，广布于世，实足偿其损失而有余，一面也庶几不枉孟十还君的一番奔走呼号之苦。对于木刻家，却恐怕并无大益，因为这虽说是木刻，但画者一人，刻者又别一人，和现在的自画自刻，刻即是画的创作木刻，是已经大有差别的了。

世间也真有意外的运气。当中文译本的《死魂灵》开始发表时，曹靖华君就寄给我一卷图画，也还是十月革命后不多久，在彼得堡得到的。这正是里斯珂夫所说的梭可罗夫画的十二幅。纸张虽然颇为破碎，但图像并无大损，怕它由我而亡，现在就附印在阿庚的百图之后，于是俄国艺术家所作的最写实，而且可以互相补助的两种《死魂灵》的插画，就全收在我们的这一本集子里了。

移译序文和每图的题句的，也是孟十还君的劳作；题句大概依照译本，但有数处不同，现在也不改从一律；最末一图的题句，不见于第一部中，疑是第二部记乞乞科夫免罪以后的事，这是那时俄国文艺家的习尚：总喜欢带点教训的。至于校印装制，则是吴朗西君和另外几位朋友们所经营。这都应该在这里声明谢意。

一九三五年十二月二十四日，鲁迅。

题注：

本文最初收入 1936 年 7 月出版的《死魂灵百图》。收入《且介亭杂文二集》。《死魂灵百图》系俄国作家果戈理长篇小说《死魂灵》的插图集，俄国画家阿庚作画，培尔那尔特斯基刻版，计 105 幅。1936 年 7 月鲁迅以三闲书屋名义自费出版。卷末附有梭可罗夫所作的插图 12 幅。本文是鲁迅编定该书后写的序。

《死魂灵百图》

平
装
一元二角

精

二元四角

　　果戈理的《死魂灵》一书，早已成为世界文学的典型作品，各国均有译本。汉译本出，读书界因之受一震动，顿时风行，其魅力之大可见。此书原有插图三种，以阿庚所作的《死魂灵百图》为最有名，因其不尚夸张，一味写实，故为批评家所赞赏。惜久已绝版，虽由俄国收藏家视之，亦已为不易入手的珍籍。三闲书屋曾于去年获得一部，不欲自秘，商请文化生活出版社协助，全部用平面复写版精印，纸墨皆良。并收梭诃罗夫所作插画十二幅附于卷末，以集《死魂灵》画像之大成。读者于读译本时，并翻此册，则果戈理时代的俄国中流社会情状，历历如在目前，介绍名作兼及如此多数的插图，在中国实为空前之举。但只印一千本，且难再版，主意非在贸利，定价竭力从廉。精装本所用纸张极佳，故贵至一倍，且只有一百五十本发售，是特供图书馆和佳本爱好者藏庋的，订购似乎尤应从速也。

题注:

　　本文最初收入 1936 年 3 月《译文》月刊新一卷第一期。初未收集。
《死魂灵百图》，俄国画家阿庚作画，培尔那尔特斯基刻版。1936 年 4
月鲁迅以"三闲书屋"名义印行。

《远方》按语

    《远方》是小说集《我的朋友》三篇中之一篇。作者盖达尔（Arkadii Gaidar）和插画者叶尔穆拉耶夫（A.Ermolaev）都是新出现于苏联文艺坛上的人。

    这一篇写乡村的改革中的纠葛，尤其是儿童的心情：好奇，向上，但间或不免有点怀旧。法捷耶夫曾誉为少年读物的名篇。

    这是从原文直接译出的；插画也照原画加入。自有"儿童年"以来，这一篇恐怕是在《表》以后我们对于少年读者的第二种好的贡献了。

编者　三月十一夜

题注：

    本篇最初发表于 1936 年 3 月 16 日《译文》月刊新一卷第一期，排在《远方》译文之前。初未收集。《远方》，苏联作家盖达尔所作中篇小说，曹靖华译，鲁迅校阅。

《海上述林》上卷序言

这一卷里，几乎全是关于文学的论说；只有《现实》中的五篇，是根据了杂志《文学的遗产》撰述的，再除去两篇序跋，其余就都是翻译。

编辑本集时，所据的大抵是原稿；但《绥拉菲摩维支〈铁流〉序》，却是由排印本收入的。《十五年来的书籍版画和单行版画》一篇，既系摘译，又好像曾由别人略加改易，是否合于译者本意，已不可知，但因为关于艺术的只有这一篇，所以仍不汰去。

《冷淡》所据的也是排印本，本该是收在《高尔基论文拾补》中的，可惜发见得太迟一点，本书已将排好了，因此只得附在卷末。

对于文辞，只改正了几个显然的笔误和补上若干脱字；至于因为断续的翻译，遂使人地名的音译字，先后不同，或当时缺少参考书籍，注解中偶有未详之处，现在均不订正，以存其真。

关于搜罗文稿和校印事务种种，曾得许多友人的协助，在此一并志谢。

一九三六年三月下旬，编者。

题注：

　　本篇最初收入 1936 年 5 月上海诸夏怀霜社出版的《海上述林》上卷。初未收集。《海上述林》是瞿秋白的译文集。瞿秋白 1935 年 6 月 18 日牺牲后，鲁迅极为愤怒和痛惜，在致曹靖华的信（1935 年 6 月 24 日）中谈道：瞿秋白的文稿，"很有几个人要把它集起来"。《海上述林》由鲁迅发起募集出版经费，并抱病亲自编辑，以"诸夏怀霜社"名义自费印刷出版，分上下卷。1936 年 10 月 15 日在致曹白的信中，鲁迅又说："《述林》是纪念的意义居多，所以竭力保存原样。"在《绍介〈海上述林〉上卷》一文中，鲁迅说，"作者既系大家，译者又是名手，信而且达，并世无两。其中《写实主义文学论》与《高尔基论文选集》两种，尤为煌煌巨制"，"足以益人，足以传世。"

《海上述林》下卷序言

这一卷所收的，都是文学的作品：诗，剧本，小说。也都是翻译。

编辑时作为根据的，除《克里慕·萨慕京的生活》的残稿外，大抵是印本。只有《没工夫唾骂》曾据译者自己校过的印本改正几个错字。高尔基的早年创作也因为得到原稿校对，补入了几条注释，所可惜的是力图保存的《第十三篇关于列尔孟托夫的小说》的原稿终被遗失，印本上虽有可疑之处，也无从质证，而且连小引也恐怕和初稿未必完全一样了。

译者采择翻译的底本，似乎并无条理。看起来：大约一是先要能够得到，二是看得可以发表，这才开手来翻译。而且有时也许还因了插画的引动，如雷赫台莱夫（B.A.Lekhterev）和巴尔多（R.Barto）的绘画，都曾为译者所爱玩，观最末一篇小说之前的小引，即可知。所以这里就不顾体例和上卷不同，凡原本所有的图画，也全数插入，——这，自然想借以增加读者的兴趣，但也有些所谓"悬剑空垄"的意思的。至于关于辞句的办法，却和上卷悉同，兹不赘。

一九三六年四月末，编者。

题注：

本篇最初收入 1936 年 10 月上海诸夏怀霜社出版的《海上述林》下卷。初未收集。

《海上述林》下卷，收瞿秋白翻译的苏俄文学作品：诗，剧本，小说。1936 年鲁迅病重，但他依然抱病编校《海上述林》。4 月 17 日鲁迅日记载有"夜编《述林》下卷"。编讫后，鲁迅写作了这篇序言，简述了编辑和整理中所遇到的一些问题和处理情况。

《凯绥·珂勒惠支版画选集》牌记

　　一九三五年九月，三闲书屋据原拓本及艺术护卫社印本画帖，选中国宣纸，在北平用珂罗版印造版画各一百零三幅，一九三六年五月，在上海补印文字，装订成书。内四十本为赠送本，不发卖；三十本在外国，三十三本在中国出售，每本实价通用纸币三元二角正。

　　上海北四川路底施高塔路十一号内山书店代售。

　　第　　　本。

　　有人翻印　功德无量

题注：

　　本篇最初收入 1936 年 5 月三闲书屋出版的《凯绥·珂勒惠支版画选集》。初未收集。

《苏联版画集》序

——前大半见上面《记苏联版画展览会》，
而将《附记》删去。再后便接下文：

右一篇，是本年二月间，苏联版画展览会在上海开会的时候，我写来登在《申报》上面的。这展览会对于中国给了不少的益处；我以为因此由幻想而入于脚踏实地的写实主义的大约会有许多人。良友图书公司要印一本画集，我听了非常高兴，所以当赵家璧先生希望我参加选择和写作序文的时候，我都毫不思索地答应了：这是我所愿意做，也应该做的。

参加选择绘画，尤其是版画，我是践了凤诺的，但后来却生了病，缠绵月余，什么事情也不能做了，写序之期早到，我却还连拿一张纸的力量也没有。停印等我，势所不能，只好仍取旧文，印在前面，聊以塞责。不过我自信其中之所说也还可以略供参考，要请读者见恕的是我竟偏在这时候生病，不能写出一点新的东西来。

这一个月来，每天发热，发热中也有时记起了版画。我觉得这些作者，没有一个是潇洒，飘逸，伶俐，玲珑的。他们个个如广大的

291

黑土的化身，有时简直显得笨重，自十月革命以后，开山的大师就忍饥，斗寒，以一个廓大镜和几把刀，不屈不挠的开拓了这一部门的艺术。这回虽然已是复制了，但大略尚存，我们可以看见，有那一幅不坚实，不恳切，或者是有取巧，弄乖的意思的呢?

我希望这集子的出世，对于中国的读者有好影响，不但可见苏联的艺术的成绩而已。

一九三六年六月二十三日，鲁迅述，许广平记。

题注:

本篇最初收入 1936 年 7 月上海良友图书印刷公司出版的《苏联版画集》。初未收集。1936 年 2 月 20 日，由当时的苏联对外文化协会、中苏文化协会和中国文艺社联合主办的"苏联版画展览会"，在上海开幕，展期一周。在此之前，鲁迅曾作《记苏联版画展览会》一文，发表在 2 月 24 日的《申报》上。展览会闭幕后，上海良友图书印刷公司请鲁迅编选画展作品出版，鲁迅抱病挑选了画作。4 月 2 日在致良友公司编辑赵家璧的信中说："我可以不写序文了，《申报》上曾载一文，即可转载，此外亦无新意可说。"但鲁迅选画后，虽然病重，仍于 23 日口授，许广平记录，写了本序。

答世界社信

世界社诸先生：

十三日信收到。前一函大约也收到的，因为久病，搁下了。

所问的事，只能写几句空话塞责，因为实在没法子。我的病其实是不会全愈的，这几天正在吐血，医生连话也不准讲，想一点事就头晕，但大约也未必死。

此复，即请

暑安。

鲁迅 十五日。

答问

我自己确信，我是赞成世界语的。赞成的时候也早得很，怕有二十来年了罢，但理由却很简单，现在回想起来：一，是因为可以由此联合世界上的一切人——尤其是被压迫的人们；二，是为了自己的本行，以为它可以互相绍介文学；三，是因为见了几个世界语家，都超乎口是心非的利己主义者之上。

后来没有深想下去了，所以现在的意见也不过这一点。我是常常如此的：我说这好，但说不出一大篇它所以好的道理来。然而确然如此，它究竟会证明我的判断并不错。

八月十五日。

题注：

本篇最初发表于 1936 年 10 月上海《世界》月刊第四卷第九、十期合刊。鲁迅复信以手迹刊出。初未收集。世界社，上海世界语者协会所属《世界》月刊社的简称。1936 年，国际革命世界语作家协会致信上海世界语者协会，就世界语问题征询中国作家的意见，世界社即致信部分中国作家，鲁迅作此答问。

《海上述林》上卷插图正误

本书上卷插画正误——

58 页后"普列哈诺夫"系"拉法格"之误;

96 页后"我们的路"系"普列哈诺夫"之误;

134 页后"拉法格"系"我们的路"之误:

特此订正,并表歉忱。

题注:

本篇最初收入 1936 年 10 月出版的《海上述林》下卷。初未收集。《海上述林》,瞿秋白译文集,鲁迅编印,分上下两卷,先后于 1936 年 5 月、10 月以"诸夏怀霜社"名义出版。本篇是为该书上卷插图所作的正误说明。